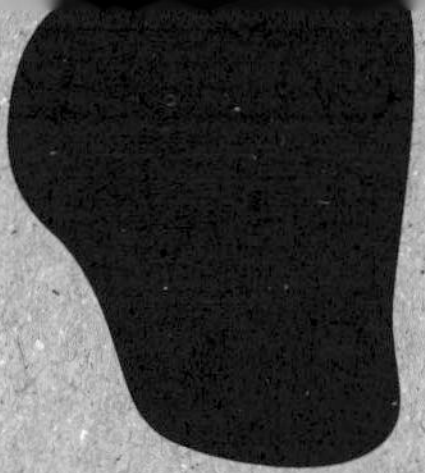

末日儲藏室

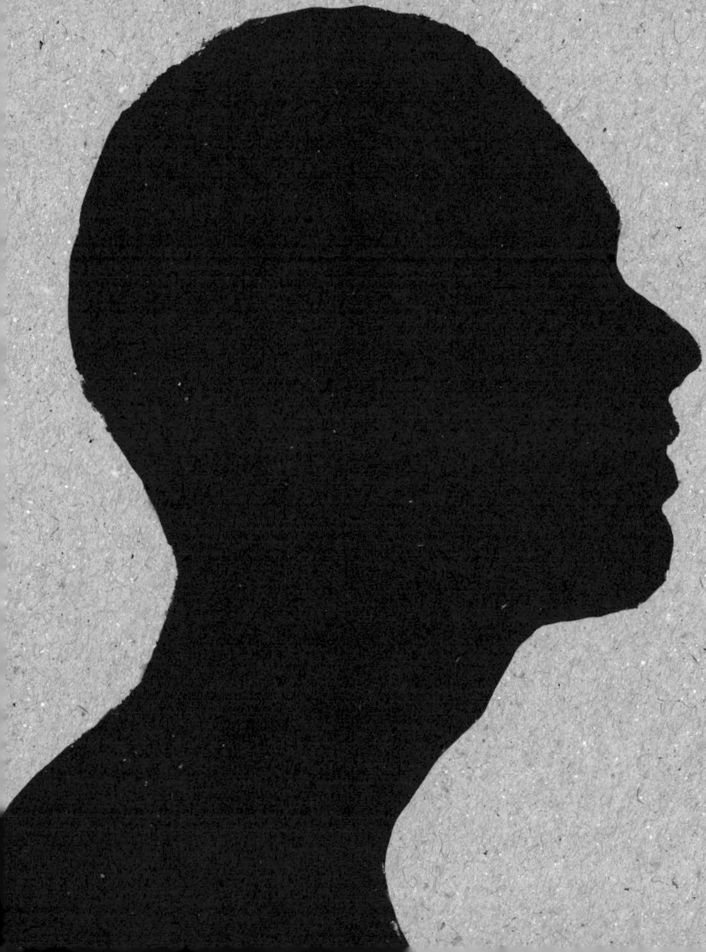

白樵

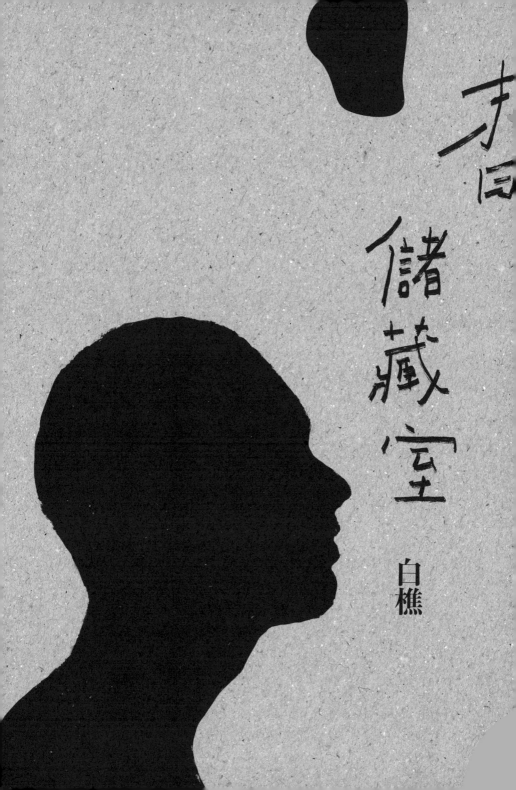

香儲藏室

白樵●著

謹以此書獻給我的母親，陳淑娟女士

content

名家推薦

白樵背景特殊，在國外的時間很長。長著東方面孔，不過靈魂絕對是異鄉人。他同時在地域的異鄉，也在時光的異鄉。我第一次看他作品時，疑惑這到底是翻譯還是創作，不僅是背景地區和角色名字，連文字中的情感和思索，都充滿異國風味。白樵文字很乾淨和平靜，但是情感強烈到嚇人。寫作於他好像是本能，筆尖直接連結著他的血液。

——袁瓊瓊（作家）

真相是被寫下之物，白樵用身體在寫作，故事充滿異域感。這八個主角根本是從地獄走來的人，身上還黏著燒成餘燼的皮屑。痛，氣味刺鼻，恐怖又迷人。

——鄧九雲（作家）

白樵對於各種「異」的關照，以及在地、臺灣元素的暫時退場，不只讓小說「變得像外國」，而有空間展現出多重「作為」：如何「作為」一個異變者；面對諸種差異，如何有所「作為」。身分與（多數是極端的）行動，是小說中的醒目部位。但語言的黏著與緊張，惡行的循環與更新，記憶的魔幻與交換，也驅動讀者繼續向內探勘，是否暗藏其他啟示與處置。儲藏是面向過去的累積，也是背朝未來的重啟。《末日儲藏室》不只是白樵個人意義上的新作，也是他所屬世代的寫作新局。

——馬翊航（作家）

是不是總要離開巴黎，才能光芒亂亮？我們看見，朱嘉漢離開巴黎，從臺灣回望法國，勇猛精進、異彩大放。如今，又有白樵這一本花都書寫，從最絢爛一路寫到最晦暗，可說是一本以身、心、意、筆，不留餘地銘刻篆雋潑灑豔綻之傑作。

——林佑軒（作家）

與白樵相識許久，他的直白定義了他的不難懂，而他的聰穎卻又使他難懂得通透。天性賦予了許多迂迴，於是他精於雕琢，用字遣詞總能恰恰捏著分寸。書寫遠方，卻隱約勾勒了自身，那是源於某種無可迴避，卻也是出於內心深處的渴望被乘載。讀著書稿，便是閱其真誠，沉浸在精緻的字花中，觀望他航向自身的姿態，格外迷人。

——石知田（新生代演員）

〔自序〕

島嶼回返

曾如是急欲逃離這座島，自青春期。出生於冬季的靈魂，彷彿註定與這經年燠熱，悶濕的亞熱帶之地，無所交融。討厭這城滿是灰濛的天，零碎參差的天際線，破建物不堪地批腸掛肚於街，與人們身上毫無個性的低彩度衣著。

每個身穿學生制服的下課空檔，在心裡默念全英流行排行榜或billboard Top 20當季火紅歌詞。密教咒語般虔誠。彷彿念著，哼著，方可日後解脫自己於橫跨數時區的彼岸。如是重複多年，過了二十歲，終於如願以償，居住在不同城市。我的口中嚼著或熱或冷的異國語言。

脫逃島嶼的自己，開心與否？無有答案。出走後，於異國，我刻意與同樣來自島嶼的人們鮮少交際。避開掛著豔紅燈籠飄著油煙味的中國城，亞洲飯館，超市，選擇在農曆年節出趟遠門，或讓自己酩酊暈吐在盥洗室的座桶邊。我眷戀如此決絕的斷裂，享受將自己砸進一段陌生的文化模式，再轉為海綿般飽滿吸收著，並將關於島嶼的記憶層層湮滅。

我與島的唯一連結，是母親。我們安然地每週固定時間通話，隔著遠洋交代近況。遙距讓我卸下心防，較過往，我與母親交心許多。

為了在異地營建新生，我以軀體，砸進男男女女或老或少的起居環境與心理空間。敞開自己，讓他們的故事，際遇與苦難在體內著床，滿盈。我以為相擁時，性交時，便是人與人最緊密與誠懇的時刻了。

卻還是寂寞。很是寂寞。

在所有異地朋友情人返鄉過節的耶誕新年假期，在因為一個詞語無法準確地用另一種語言翻譯的細瑣時候，在某些理念不合的爭吵。而我總在寂寞的巔峰，諷刺地意識到自己是如是地東方。

與精通度無關，語言結構形塑出的思考模式與邏輯，是根深蒂固而無法撼動的。

於我，所有事物的認知，皆處於某種漂浮狀態。中文，英文，法文，俄文以獨自的文化思考模式，各據一隅。詞與詞間，產生斷裂與歧義。法文的時間與天氣同字，狂風暴雨在俄文寫作「不是天氣」。對他人可能的單一概念，在我腦中，卻化作不同的形式，碎裂。

我意識到自己迴旋，對折，在詞語與詞語隙縫間穿梭的習慣，是異地情人朋友無從理解，甚至不屑一顧的。異地情人朋友們的東方，是薩伊德東方主義的近東：一座虛擬於符號世界裡，想像的，偏差的東方。那是我嫩滑的肌膚，我的黑髮，我的深棕色瞳仁所指涉的所有，而不是個別性的我。

寂寞的盡頭，是在重病昏迷後近兩個月，發現自己驚醒於異地加護病房。

全身插滿細密管線，體重直墜至四十三公斤。許是報應？蓄意逃離島嶼的我，最終，在異地賴以維生並乘載過多情感記憶的肉體，依樣逃離。逃離我的我，與被逃離的我，重疊成，躺在加護病房無法動彈的我，與氣切插管無法再訴說任何言語的我。

還好，身旁站著母親，即時自島嶼趕來的母親。她細心照料直至我出院回異地公寓療養。

我想回家。我對母親說。

無法再忍受更多的寂寞與來自他人的誤解。我想說著島嶼的語言，交際著擁有相同思考路徑的夥伴。

回返島嶼的休養期，無有工作，我參加寫作課。我想，我必須習慣以島嶼的語言訴說自身。

女作家上課地點，是公園裡一棟作為受害者紀念館的一樓教室。每個週末早晨，伴隨電腦投影片的切換，坐在淺藍色課椅上，不時可感應從地底呼嘯而過，傳自捷運的輕微晃動，與隆隆聲。我卻感覺更似來自那群受政治迫害而亡的靈，他們紛紛而龐大的奔竄，與哀嚎。

從最熟悉的事物書寫。女作家說。

時光於是重疊，混淆。地底再度有感晃動，只是呼嘯而過的，是莫斯科宮廷風格環狀地鐵，是巴黎充滿熱烘烘排泄物味道的車廂，是東京JR。奔竄哀嚎的隊伍，陸續加入了巴黎克里奇門站警局辦公室前整排尋求政治關護的難民，莫斯科地區市場小販飽受歧視的中亞男女，與被消失的亞洲學生們。

常棄島嶼而不顧的我，發現，在創作初期竟無法以第一人稱視角出發，無法以島嶼與其都市為題材。最初作品，皆源自異地生活點滴。

好像外國小說。母親與女作家皆如是評論。

我想找回自己在島嶼的足跡，於是，開始了為期兩年的書寫，那是長長的記憶與情感折返，必須由最遠卻也最熟悉的部分，一步步踏入最近卻也最陌生的領地，那是我的島，與我最想逃避的，來自東方的我的意識主體。

參仿薩伊德東方主義，我敘述，勾勒著西方主義。那是一套將東方人們次等化，被邊緣化，被浪漫主義化的，來自西方世界的虛擬誘因與意識型態工具。中產階級，法語-isme結尾的各式主義與消費文化，描繪政治霸權與經濟干預的所有符指。

史畢娃克曾提問：底層人們有真實發言的機會嗎？

我想那或許來自練習。解構練習與操作既有的刻板印象。解構西方，解構所有權力體系甚至親情，友情，愛情，解構自身。拆解的過程勢必痛苦。若異地居旅經驗對我有任何深遠影響，那應是慣以用最冷峻的眼，最寫實主義的手法，直切必須摘除的病處與傷。

暴力與殘忍作為手段，卻只為更新。

更新成全然的自己，全然而純淨的意識主體。

並榮耀地宣布，我來自島嶼。臺北，臺灣。

僅將此書獻給我的母親，與作為群體，擁有柔軟內裡卻裹覆層層疤痕的人們。

謝謝袁瓊瓊老師，阿盛老師的提點。一路承蒙《中國時報》「人間副刊」美杏姐（與已轉職的祖胤哥），香港《字花》主編關天林先生，《聯合報》「副刊」，《文訊》、《幼獅文藝》、《聯合文學》諸君關照。

感謝時報出版公司總編胡金倫先生。若無地表最強主編珊珊，此書或將沉寂甚久，我心竄湧的感激之情難以言表。最後同封面設計朱疋，及眾推薦者致敬。

寫於二〇一九，十月，臺北

修稿於二〇二一，六月，疫情中的臺北

iels-mêmes

伊們

Le monde s’ouvre comme un énorme utérus en feu. Le monde est femelle, comme l’est la Création.

——Louis Calaferte, *Septentrion*

「這世界綻開，像一龐大，著火中的子宮。世界是雌性的，一如創作。」

——路易・卡拉菲爾特《北方》

陳熹

起霧了。

男孩被帶回警局偵訊時，顯得異常安靜。頷首，低頭。

整座淡褐色軀體臣服，溫馴地向內，縮著。兩位架押他回來的探員，手忙腳亂地開鎖，除塵，打理那幾乎未曾使用過的審問室。

有時他們將男孩單手銬在欄杆上，讓他靠窗罰站。有時他們扣住男孩雙手，讓他坐在缺了一角的木椅上咿啞受詢。男孩一徑轉溜眼睛，微微搖頭，晃頭，搭不上話。

「幾歲？住處？雙親是誰？」兩位探員一搭一唱地詢問。

「男孩的眼睛，透著幼鹿般無辜氣息。」探員賈各在抽菸空檔對同伴提到。這大概是他近期最詩意的情緒，他喜樂地與同伴分享。

「男孩的眼睛，讓我想到離鎮三公里的碧湖畔。深夜無風，月亮低掛的私密時刻，總會有人在那兒獨自划槳，晃到湖心，從此銷聲匿跡的深夜禁泳區。」探員派特森在自己的筆記簿上頭沙沙寫著。

兩位探員將原先從男孩身上搜刮出的所有物件，一一攤平桌上，交叉比對。不明的，從週末報上剪下的諷刺插畫，黏著髒灰口香糖的碎衛生紙屑，交易券，被撕掉重要資訊的身分證。

「預謀。這是預謀。」探員賈各激昂地說。

「別隨意定斷，這並非我們的職責所在。」探員派特斯嘆了口氣，伸長他僵直酸痛的身子。

有時他們將男孩獨禁審問室兩三小時，滴水不沾。賈各與派特森輪流就小窗縫監督，十五分鐘一輪。下午的光從邊窗灑下，行切男孩的臉，背脊，刀般決絕。男孩輪流側臉，右頰或左頰平貼桌面，直瞅審問室的老木門。在他飢餓，想如廁之際，兩位探員發現他會用指尖，琴鍵般，輕輕，翼翼地敲擊桌沿。他們認真在執勤筆記上紀錄著。不過大多時候，他們就讓男孩兀自在那缺了角的咿呀木椅上，釘子般漏水，尿著。

耐性消磨殆盡時，賈各會衝進審問室，在男孩身上落下大小，輕重緩急不一的拳。男孩頷首，低頭，或徒勞地用被綑的雙手護臉。男孩緊咬下唇，一語不發。如是重複，窗外的光越發睏懶。派特森悄悄走進，鎖上門，在兩人旁邊點起火，緩慢地吸菸。菸頭綴著間段起浮的猩紅光蕊，賈各在旁叫囂，用想像力所及的髒字辱罵，模樣相當滑稽。派特森隨手抄了一隻擺在桌上的鋼筆，往男孩的右臂扎下。

男孩倒地，尖叫。

「喔，所以不是個啞的。」派特森抽著菸，微笑地對賈各說。

法醫加伯里爾老先生從臨時搭建的地下解剖室走上來，腳步聲不疾不徐。兩人聞聲，繞出窒悶的午後審問室。啪地一聲，加伯里爾老先生將文件甩在審問室外公用辦公桌上。賈各與派特森交換眼神，熄掉菸頭，挺直背脊。

「姦殺。」法醫加伯里爾老先生咂咂嘴，冷靜地說。

「森林裡的女孩被先姦後殺。約莫十四歲吧，頭部受重擊，喉部有勒傷。最終判斷應是頭部流血過度致死。」加伯里爾老先生說著，伸手調整一下他那銀灰，敷了油膏，有條不紊的髮鬚。

探員賈各與派特森認真捕捉每個從法醫口中吐出的詞。加伯里爾老先生從臨鎮接獲消息趕來臨時支援，六小時來回車程。著手整理隨身帶來的診斷箱，歸納好文件，識別證。公路漫且長，他趕著要在天黑前獨自開車回家。兩位探員反覆咀嚼老先生的診斷，陷入了長長的沉默。

「今天可是重要的家族聚會日。」加伯里爾老先生說。

「另外有一件事。」加伯里爾老先生在門檻前頓了步。

「女孩在死後，仍遭性侵二至三次。」用餘光確認好離家前費心層層上油的小牛皮質尖頭鞋仍舊刨著令人滿意，不帶髒漬的光，老先生關上車門，扶了領帶，揚長而去。

賈各與派特森在警局與市政廳的網站刊登了男孩的照片，希望相關親屬能出面指證。公家機關網頁乏人問津，賈各與派特森決心循上世紀古法，一一在小鎮各處親手貼印有男孩臉像的紙糊海報。小鎮晚秋凌晨氣溫異常冰冷，樹稍不帶精神地裹著萎靡色澤，兩人披上公家大衣，天微微亮便沿著市集出發了。

男孩名叫陳熹。

十九歲，孤兒。之前被收養在聖奧古斯丁修道院。這是鄰鎮少年感化院的賽維雅特女士提供的資訊。賽維雅特女士前來警局時，身著一襲深灰夾克與同色修士裙。像把所有嚴肅冷漠都掛在身上，她隨秋風瑟瑟旋刮進乏人問津的辦公廳。

「喔，不。陳熹是因表現傑出，才能提早假釋出院的。」薩維雅特女士不帶情緒地說。她的皺紋鑿痕明顯，像順道加深了她說話時的威信。賽維雅特女士來回打量面前那只勤冒蒸氣的髒瓷杯。談吐間，賈各為她沏的進口咖啡，始終毫髮無傷地留在堆滿文件雜物的辦公桌上。

「是的。四年前，陳熹便因性侵幼女而被送進我們機構。」賽維雅特女士繼續說：

「不過，這幾年，在上帝諄諄教誨與兄友弟恭的良性環境影響下，陳早已改過自新。他苦讀，晨起懺悔，沐浴節食，隨夥伴們禱告。我們是在審慎考核後，才決定早釋他的。陳在我們面談時露著大眼睛，哭泣。那是懺悔與代謝著過去罪惡的，純真的淚。」

「我確信。」賽維雅特女士的說話方式彷彿不容他人質疑。

「我常跟陳熹說，願神寬恕你的罪。你們這群兔崽子相當好運了。幾十年前，你們可是要定時拴腳鍊，披掛久未滌洗的爛衣破褲，在川堂裡繞圈圈，疲憊不堪地入工作坊行苦力至深夜方休。現在神讓你們閱讀，在知識與對話中贖罪。」賽維雅特女士將眼角皺紋擠得更深邃。

「仍舊積習難改啊。」派特森歪著身子說。

「我倒堅信，那是源自某些更深層的，世襲的罪。」賽維雅特女士嘆口氣，她斜過身從背後竹籃包中抽出自己的溫水壺。旋開瓶蓋灌了茶，潤喉。

「喔？」派特森與賈克同時饒富興味地向前，湊身。

「你們知道的。」賽維雅特女士將眼神掃向審問室。

「那孩子一看便是移民混血啊。中國，不幸混了羅馬尼亞裔，那骯髒，不事生產，專門偷竊，享樂的民族。那天性，流在血液裡。我們這幾個小鎮的最大罪衍，是對難民的過度信賴。」賽維雅特女士忿忿地說。

「是啊，我們這兒的孩子，多是大戰或饑荒時逃難來的移民後裔。中國西南，中亞，西班牙波蘭之類的。」賈各瞇起眼，板了手指數。

「更多的，是像陳熹一樣的，雜種人。」賽維雅特女士用指尖鑷起飄到修士裙上的塵絮。

「受害的女孩呢？」賽維雅特女士問。賈各懶懶地朝地板隨意比了個方向。

「告訴我她的特徵吧。或許，我認得呢。」賽維雅特女士從喉頭咽了股醞釀許久的唾液。

「不用麻煩了。」派特森停筆，摘下眼鏡。

「缺乏所有可供識別的證件，特徵，臉都被砸得稀爛。不過根據法醫加伯里爾先生的檢驗，可能是東歐移民。」派特森一派輕鬆地胡謅著。在他有視差的焦距投射內，賽維雅特女士像極了一隻狡獪而蒼老的灰貓，他就是提不起勁喜歡她。

「臨鎮的波蘭移民嗎？」賽維雅特女士追問。她激動地將保溫壺的茶水噴濺出去，灰漆水泥地板上暈漣幾滴細水圈。

「願神寬恕她們的罪。那些小婊子，常來小鎮賣淫呢。畏畏縮縮蹲踞湖畔旁森林裡。」

兩位探員沒有接話。

小鎮教堂敲響了兩個音階。賽維雅特女士將保溫壺妥當地收入竹籃裡，推門，走進晚秋的水霧中。

翌日，趁小鎮尚未飽吸清晨陰翳水氣之際，兩位探員便動身，從聖奧古斯丁修道院請來主教艾芊詢問男孩身世。

主教艾芊沉著臉，心事與情緒好似相偎垂掛在腮幫贅肉上。

「陳熹的事，我所知有限。畢竟他是由一位老修士一手帶大。他們感情極好，情同父子。」他搖搖手說。

「噢。這樣的比喻或許不大恰當。」主教艾芊想到什麼而喀喀發笑，臉頰上的肥肉甩晃著。

主教艾芊調整了自己的坐姿，臉色瞬間回到先前的嚴謹。

「希望您能提供我們更多的線索。當然，所有資料是都保密再三。」探員派特森眼神直盯著主教。

「您不必擔心。」

「這。你也知道。」主教艾芊吞吐地說。

「一群不同年齡男孩們共同成長於相同空間，齟齬難免。陳與院中一位老修士過從甚密，總遭男孩們嘲諷，欺辱，不過他們之間是絕對清白的。陳對神學有極大喜愛，老修士喜歡於晚禱結束，熄燈就寢前，單獨跟他在庭院聊天，談現象學。胡賽爾啊，列維納斯。你們知道，很少中學生能有如此求知慾。」

「柏拉圖式的，絕對是柏拉圖式的關係。」主教艾芊再三強調，雙手在空中揮舞。賈各開始把頭支在手上打呵欠，派特森不斷用筆搔著幾日沒洗的亂髮。

「這相當稀鬆平常啊。」賈各說。

「是。只是某日，男孩們開玩笑過頭了。」主教艾芊的臉肉垂地更低，更沈。

「您的意思？」派特森著急質問。傾刻，賈各的睡意全散了。

「陳被男孩們脫了褲子，輪流，雞姦。」說出最後一個單字，主教艾芊的聲音像斷闕即刻瞬回接軌的器具般荒腔了一個音階：「噢不。這詞不恰當。他們只是不小心地，頑皮地，進入了他。陳熹是那種極好看的男孩，混血，早熟聰慧，你們知道的，男孩們因為嫉妒，開的玩笑或許越界了。老修士被調派到其他行政區，我把犯事的男孩們嚴重責罰或遣返了。陳熹很乖的，不鬧事，不起訴。」

「陳熹很乖的。」主教艾芊重複低語，近似咕噥。

夜色徹底吞噬了小鎮，警局辦公廳兀自亮著機械式的青冷光。探員派特森打開了審問室的門，男孩陳熹就桌趴著，熟睡。

他們餓了他好幾天，只許進水。兩人輪流，偶爾用鐵杓子挖些擺在儲藏室的過期流質食物，箝著陳下巴，扳開嘴，餵他進食。男孩常常在下意識掙扎時，抽搐，嗆了或吐了自己一身。

三天沒洗澡吧，男孩陳熹肌膚上飄股異味，派特森靠近男孩，於身旁嗅聞。非臭，而是一股濃郁，難解的什麼，碰撞，轟雜在一塊兒了。極稠。派特森的腦海中閃過幫陳擦澡的想法，想起方才主教艾芊說的，便打消了念頭。

派特森將男孩搖醒。他彎腰，屈身解開緊鎖男孩的手銬與綑綁雙腳用的繩。男孩虛弱癱軟，全身無力，像隻瀕死的小動物。他的嘴唇龜裂，脫皮，像凍結尖白，即將飄下的小鎮初雪。派特森為他倒了杯果汁，用熱毛巾將男孩染了汙垢汗漬與淚的臉，仔細擦抹。

「告訴我，你為什麼這樣做？」派特森半蹲對陳熹說，語氣有難得的誠摯，溫柔。男孩噙著眼，軟軟地回望。發不出一句話。

「告訴我。」派特森的語氣更柔了，像浮層甫被室溫光照軟化的乳膏脂，他的尾音淺淺抖顫。

「我想是愛。神說是愛。」男孩閉眼，用乾燥，脫水的指尖，在木桌上輕輕敲著，畫著，寫著。

「陳熹於少女死後，仍行多次性侵。」辦公室裡的賈各如是筆記。

少女案發現場狼狽，不合理的姿勢被框在相片裡，擺在文件堆最上面。調整桌上的檯燈架後，賈各用手搓揉了一下褲襠。點根菸，他想起與派特森趕到案發現場，清空所有圍觀群眾後，兩人的首件活動，是迫不及待地掀開少女那滾滿泥土雜草與死昆蟲的白裙裾。看她赤裸，擱在空氣，水霧中的下體。

闔上筆記本，賈各滿足地打了嗝，他想，他們三人將永遠深陷那濕黏，既溫且涼的洞穴底。一如，從來無人能成功脫逃這小鎮，倦懶的多霧天。

曾刊載於香港《別字》第十五期

Leïla

蕾拉。月夜。

阿拉伯文裡，沉甸甸盛載她出生涵義的名字。

「我的名字，蕾拉。」這是現在她每天重複的句子。

必須重複。最直白簡潔的介紹，面對人們時她這樣說。

更準確點，面對醫生時，她這樣說。再精準，面對那些專業領域於去激進化的心理醫生們時。

「我的名字，蕾拉。」她說。

她一直不瞭解，為什麼是蕾拉。可能是月亮聯想起夜，而那一整片悶黑就這樣砰地重壓她肌膚上，墨傾了，她滿身濕淋。她是一個頸子上被套著阿拉伯名字的黑人，她想，為什麼母親不挑個阿依薩塔，阿敏娜或是她姊姊法杜那樣稀鬆平常，來自黑暗大陸之心的名字呢？逃亡時，母親仍眷戀哪個摩洛哥青年吧，她想。蕾拉不敢過問姊姊關於早逝父母的種種，她感謝雙親在躲避盧安達內戰時一路成功遷徙至巴黎生下她們三姊弟。

法國，有條件屬地主義。凡生於六角帝都的異邦孩子們，於境內居滿五年，成年一律可入法籍。蕾拉感謝政府，盧安達是遙遠的，吉佳利是遙遠的，內戰是遙遠的。異國出生的黑人孩子們看不到血。

三姊弟落腳巴黎外城，從市中心算起，法蘭西島區域快鐵五站距離，可想而知的貧瘠。法杜，蕾拉，阿馬杜擠在五樓缺少電梯的傭人房裡，並不那麼浪漫地各自圈起附屬領地。蕾拉選了半透明膠簾，上市場買了電鑽，自己釘洞，鑽牆，懸掛吊桿。蕾拉重隱私，姐弟則嫌她過度潔癖。蕾拉每週定時清理垃圾分類廚餘刷洗浴缸。甚者，她照三餐撿拾，像吝嗇地主般收割小小領地所有微塵毛屑，絲毫不講情意。斗室狹仄無窗，空氣暖而悶，附屬衛浴是這租屋處唯一可圈可點優項，不用克難地跟其他住戶排隊擠那幾兩間發臭廁所，蕾拉深感萬幸。

在公寓不遠處轉角超商工作，蕾拉熟悉補貨，進貨，盤點等作業流程。上班下班，她喜歡輪值在收銀臺前，大力翻弄顧客們待結賬的食物用品，掃描磁條後，再一股腦全扔進加購環保袋中。顧客不會介意的，像這樣一個貧民窟，人對人的財產覬覦並妒忌，她懂。大家心知肚明。

偶爾，不輕不重的日常冷不防被警消黃線圈起，打結。蕾拉下班遇到社區街頭混混口角幫派械鬥逐漸演變成定例。她對零五年郊區暴動記憶猶新，那兩名為了逃脫警察追捕的黑人少年被卡在電流急竄的鐵網上，活活燒成比黑更暗更深的炭。隨後是滾雪球般一連串警民衝突事件，這讓他們被巴黎人視為化外之民好一陣子。在月臺，區域快鐵，或地鐵站，所有人離她遠遠的。旅客都隔著她兩個肩膀間距。

政府卻無處不侵。

幾個月前警方破門而入，阿馬杜跟法杜試圖把自己反鎖在廁所內。「搜索狀。搜索狀。」蕾拉喊著，女警將她揮舞於空中的手扣在椅背上。她看著警察隨意翻動私人物品，手電筒光線劃破抽屜每一條隙縫。幾分鐘後，女警沒好氣地將蕾拉解鎖，強迫她登入，log in各社群網站。他們一項一項檢查三人電子郵件通聯紀錄。

當晚，弟弟阿馬杜便被帶離偵訊。都怪弟弟累積大量獵奇色情網站瀏覽紀錄或存檔滿滿的隱晦信件吧，蕾拉想。她不確定什麼時候知道弟弟性向。她只注意到，弟弟每逢週五會拖只行李箱出門，週日凌晨才疲累不堪地回家休息。有天忍不住，蕾拉趁阿馬杜不在時，偷偷攤開那老皮箱。空氣中頓時竄出一陣烤杏仁的甜，各式色彩妖豔無袖鏤空背心迸入面前，蕾拉伸手，舉起一件又一件後空內褲，審視，用掌心仔細摩挲，體驗各種質地，把玩那些皮革用品短熱褲。她不知道那些週末夜晚阿馬杜都去哪了，跟誰見面廝混，她從不過問。

「妳的弟弟……」他們翻著資料，盯著她，用筆敲著圈著資料。「阿馬杜，他的行為舉止是否女性化？」

「不，絕不。」蕾拉說。「他是一個真漢子，那種，嗯，街頭上常見的男孩子。你知道的，喜歡幫派饒舌的那種……男孩子。」，最後三個字蕾拉，緩慢地，拉長音節說。她把指甲深深摳進大腿裡，紅了腫了。她說謊，對一群能拆穿她謊言的心理權威。

「他的工作呢？平日如何謀生？」他們繼續問，用筆敲著圈著。

「我，從不過問的。」蕾拉揉了揉太陽穴：「我總是接濟，平日他有一餐沒一餐。我會塞些零錢給他，寬裕的時候，法杜也如此。」

「他從事伴遊，幫遊客或老人提供……性服務。」，他們的最後三個字，同樣，緩慢地說，拉長音節放了粗黑體斜體外加底線般強調。

阿馬杜在警局三天，回來時，蕾拉帶他去餐廳好好吃了頓午餐，兩個人什麼話都沒說，阿馬杜的眼睛下腫了一整塊比黑更黑的黑。

休假時，偶爾蕾拉會去醫院探望輪班的姊姊法杜。雷阿勒區像布滿地雷，好似所有非裔男女老少水箱故障般一股腦全溢了出來。蕾拉總繞了地鐵站外圍好大一圈，試圖躲開那些成群結隊，穿著暴露，磨蹭彼此並放肆浪笑的女孩們。她知道她們幹什麼勾當，街坊暗巷總散著萎掉的衛生套。自灰髒的花上踩著深夜鬼祟尾隨路人，不停問hashish？hashish（大麻）？的黑人藥頭腳印。

抵達醫院，在法杜午休時，蕾拉照例抓個空檔替她買杯熱咖啡。病床擔架忙進忙出的，兩姐妹就在走廊上有一搭沒一搭地聊，有時她早到了或值班人手短缺，她就坐在廊椅上，翹腳，玩手機逛網站回短訊，或拐彎到吸菸室解癮。儘管法杜拖著那鬆垮如巨型蛋糕般的身子，抖著晃著，蕾拉倒看她手腳伶俐魚般游梭各式病房。法杜對病人極具耐心，那些重症的病人們都縮成一團團顫抖的球了。法杜總緩緩地替他們按摩背脊，擦澡，哼唱一些遙遠的非洲民謠給他們聽。哄著。

她想起以前法杜跟她說過，許多男人抱著她，是會莫名流淚的。法杜確實具有大地母性，渾圓飽滿著多產隱喻的身形。或許法杜確實遺傳了母親的什麼，她是唯一跟父母短暫相處過的孩子。

蕾拉瘦削，胸部像鬧旱災的河渠。人們說非洲是名女性，一位母親，偉大的母親。法杜對她說，母親當年在盧安達受過天主教修道院教育，只是婚後沒多久政變，開戰後就一路逃難。母親希望孩子們可以認真學習，就學，千萬不要早婚。教育是脫離苦難的唯一方法，這是母親對法杜說的，母親對她說過什麼她一點也記不得了，連身形都糊了。她們三姊弟沒人達成母親心願。

拿到大學一年級證照蕾拉便休學，法杜薪水微薄，加班時數越來越長，人越來越不精神。真可惜，蕾拉想，她是真心喜歡古典文學的。

以往，放學後蕾拉流連各社區圖書館，她喜歡擷取故事，揀幾本小說回家，在法杜與阿馬杜熟睡時，窩在一方之地，平躺，讓微光流淌過那些離她遙遠的人物故事上。有時，夕陽墜落前，她坐在公園綠漆長木椅上發呆，掰著麵包小口小口吃，她聽那些外籍保姆的流言蜚語，誰誰推了誰的孩子，誰誰嫁給長期照顧的老人，誰消失了，誰被轉介到另一位佣金更高的雇主家，誰被遣返，誰被性侵，誰偷了錢。蕾拉有時記下保姆們彼此交換的私房食譜，她學會做出上好木薯葉醬，用香蕉，珍珠粟粉或玉米粉做出完美比例的Ugali麵團，回家她拿法杜與阿馬杜試驗，偶爾擺出一桌混搭家鄉菜，三姊弟解饞，也解了上一代原鄉的愁。不過更常，蕾拉在下班時揀幾個微波便當回家，或將特價蔬果燉成整鍋咖哩，連吃一禮拜。

法杜怕熱，下班回來渾身汗汙，蕾拉從沒跟法杜說，其實她很討厭法杜的狐臭。那些久而久之積在腋下的潮濕，彷彿對她喊著勞動勞動，蕾拉聞著就不開心。

腔調也令她皺鼻。從小，蕾拉仔細正音，回家反覆練習每一個生詞，小心，不要沾到法杜或阿馬杜的濃稠黑腔，他們總跟不三不四身分不明的街頭混混攪和在一塊，講話粗鄙，口音土土的，像吃了滿嘴沒吐淨的沙。蕾拉注重咬字，她會半夜扭開國家廣播電臺，戴耳機，聽新聞播報者的正音。蕾拉因此講了一口道地巴黎腔。她注意用字遣詞，書面語拉丁文在筆記本上特別劃線，獨自謄寫一遍又一遍在紙上。文學、哲學特高分。不過她慣性蓄意翹掉體育課，跑太快了，那些白皮膚小女生們總嗑嗑笑她。

在不同的男人枕邊，她仍聽著不同故事，做筆記。關於偷渡。關於家族傷痛。關於超載貨船下艙裡，四、五十人吃喝拉撒同處，排泄物四溢，總有人不適身亡，集團船員將屍身隨意丟擲海底，防臭與傳染疫情的故事。或許父親可能像傳說烏干達叛軍那般，青少年期就被抓去軍事訓練，打游擊戰。叢林裡，被領班頭子用酒，與古柯鹼控制著。敵人、幻影、逃竄的黑影四面包夾而來的政府軍，槍聲，射擊。而母親或許少女時期曾被抓去與青年士兵成親，享樂與性愛受嚴格控管，很多人瘋了，她的父母逃了。繁細之夢在深夜蔓延，蕾拉相信，她跟枕邊男人們，迷路於相同夢境，同樣的雨林，沙漠，同樣的恐懼。

她也約會過白人，他們體貼，卻工於心計，付了多少錢的好處都要筆記，要等價換回的，用身體。好幾次歡愛後，男人們會摟著她說，我喜歡妳這樣的女孩。「哪種？」她說。男人們會摸摸她的肌膚，或用指尖輕敲，或畫圈。她說「你滾。」如果在別人家，她會趁對方梳洗如廁空檔，撿起隨手亂扔的衣物，收拾好自己，出門。

週而復始地更換肉體，告解成為必須。每週日蕾拉會挑個離家遠的教堂做彌薩，坐在長椅上，讓聖像與搖曳燭光無盡包圍，祭壇上牧師的拉丁文禱告聲咕噥咕噥，她就低著頭打盹，她喜歡那幽微，在此，個體與個體溶解成某種石油似的膠，合著，亮著光。

「是否恐懼親密關係？是否有承諾障礙？」他們問，用筆敲著圈著資料。這次資料頁面上印著她惶恐的大頭照。

蕾拉無法解釋。

「穆罕默德。」她說。那個在廉價酒吧跟她搭訕的埃及男子，他們的性出奇地好，加上穆罕默德有著中東男子一貫的熱情殷勤，蕾拉便無可無不可地接受了。穆罕默德偷渡，在建築工地搬運，修管線作粗活，典型街頭游移份子。有次蕾拉高燒不退，超商值班停了幾天，窩在家無法出門，穆罕默德拎了一大袋鮮檸檬來探望。在油膩的廚房裡笨拙地幫她切片弄熱檸檬水。他說這樣土法煉鋼的最益身體。

同年夏天，她在教堂認識了愛麗葉，愛麗葉來自布幾內法索，暑假在巴黎當交換學生。愛麗葉的父親是政府高官，有一天在公園散步時，愛麗葉跟她說，她舅舅就是在車上被殺的。政權更換，她舅舅在車上，被暴民們淋了汽油，活活燒死了。

愛麗葉的胸部巨大溫暖，有時四周無人時，她們像小女孩那樣牽手。然而愛麗葉終究消失了，她去美國讀碩士，父親幫她挑了訂婚對象。政治聯姻。

「我不能跟妳在一起了。」有一天穆罕默德對蕾拉說。他很嚴肅，不似平常開玩笑的表情。

「為什麼？」

「我跟母親談起妳了……她說我不能娶妳。因為妳不是回教徒。」

「我可以改信。」蕾拉說。

沉默。

穆罕默德好不容易吐出這幾個字「妳是黑人。」什麼東西原本模模糊糊的，突然被放大扣上粗體斜體上底線了。

他們抱頭痛哭了一個晚上。

隨後幾週，蕾拉作息顛倒成避光性生物，越趨恍惚的她夜晚進食哭泣，日出而息。她腦中曾有一幅家庭相片呢，幻想的，她身旁站名男子，那男子擁有與穆罕默德同樣的好看臉龐。如今，她必須把這張臉擦掉了。

「為了穿越，你必須先被穿越。」是誰的格言呢？這是在哪本書抄下的句子？蕾拉記不得了。

那場火怎麼發生的，蕾拉也同樣說不清。她只記得某個法杜在值班，而阿馬杜狂歡未歸的深夜，她挑了幾件家裡值錢的東西，一邊拖著打點好的行李下樓，回頭一看，整棟公寓便在夜中嗶嗶剝剝竄燒著鬼舞著。穆罕默德可能在裡面。也可能不在，不過這重要嗎？蕾拉不知道。遺忘像沙漏像塵暴像旱季窸窸窣窣逃離的水氣。

「我的名字是蕾拉。」她至今仍得每天重複一遍這句話，對著心理醫師們。

曾刊載於香港《字花》第七十九期

少女伊斯蘭

塞納河畔，蘇利橋旁，一幢樓，恍如墜河之船。

玲正式消失前一年半，她每週固定一天進入這沉艦腹部，大廳左邊轉角第一間房。每個禮拜六，固定早上九點至十二點，不多不少剛好一節課時間，她在這冷灰而滿盈水氣的房間裡，學阿拉伯文。

一年半前，玲在家上網，下載了課程大綱，隨意揀個作業天，便乘地鐵從所居的貝爾維爾橫跨整座水域，來到五區，位於左岸的阿拉伯世界文化中心。

她在櫃臺領了報名表，填寫資料，並預繳半年學費。整套流程不過五分鐘。玲沿前院廣場走。陽光曬著她的無袖臂膀，同時在大樓鏤空花窗撒下立體剪影。

阿拉伯世界文化中心由七〇年代名建築師尚・努維設計。聖日耳曼大道旁，玻璃帷幕高聳，微銀狐亮略帶科技感，遠看，卻像一艘倒插入河，靜待沒頂的艦。船身鑲有伊斯蘭遮檽格柵，方便調亮採光。前院廣場，泊置一架朝後方房舍張裂血盆大口，超現實主義的巨型圓盤裝置。玲朝這異物繞，走走停停。她隔警戒欄觸碰著，挑不同角度拍照。陽光晴好，可拍出強烈對比映像。鼻翼四周的坑疤於光耀下鮮明，在瑪黑區剪的齊耳短髮，無法修飾圓潤臉型。以異星飛盤為景，玲把面頰左擺，右偏，嘗試將手機傾成不同角度。選好照，花十幾分鐘修圖，打卡，上傳至個人社群動態。

玲在主旨處簡單輸入：un nouveau départ。一段嶄新開始。

其實玲也弄不清自己為何想學阿拉伯文，貝爾維爾，人們俗稱的美麗城，麇集非裔，阿拉伯裔，黑人或與她緣近的亞裔後代。貨真價實移民鎮。玲住的斜坡巷口，就開著許多由阿拉伯青年營業，販賣來路不明廉價二手手機的店，粗食餐廳與雜貨鋪。他們口中喊的，不是玲喜歡的正統阿拉伯文，他們用方言與人日常交談，聽來卻像在市集裡非禮一頭無意經過的牲畜。

她喜歡禮拜時，從清真寺復刻繁花異果的橢圓窗內繞出的祝禱聲。小時候，父親難得休假，會帶她搭地鐵，轉幾個斜坡拐道，前往巴黎大清真寺附近的公園。父親不習慣牽手，他坐遠方長椅，脫鞋盤腿，兀自對空吐煙。玲玩過頭跑太遠時，他會朝沙地啐嘴，再朝她吼叫一聲。

玲懷著小孩特有的祕密，她不敢對父親提及，集體祝唸的阿拉伯文令她出神，聖歌吟遊嗡嗡嗡地在腦中東奔西竄，使人暈眩。那聲音靜電般細密遊走她年幼的皮膚上，爬滿疹子般，癢而酥麻。她用力摳，抓。玲有一回在個人社群動態上分享：comme la jouissance。似高潮愉悅。

玲小小的腳顛顛顛，不自主越飄越遠。禱詞方歇，回神，向父親奔去。她懼怕父親豪亮的音頻，或任何粗氣的辱罵。她把手汗往裙擺抹，撣淨沾了灰的鞋，戰戰兢兢，用食指輕戳父親的臂膀，示意他，可以回家了。

時常，父親對她用命令句。不諳法語的父親與玲使用純淨中文。敬語像菜渣，被父親拿牙籤剔除乾淨。成年後玲思索，自小兩人好像從不是書上標榜的健康親子溝通。溝通屬雙向，父親卻總先朝地上吐一沫口水，再對她喊：「腰桿挺直。吃飯時手別蹭桌上。雙手交疊。大腿闔緊。」她來不及回話，父親便把頭撇開了。

語言或更精煉成否定句。不准，這兩字被父親拆解，混搭成更多變異孿形體：「不准跟深膚色的同學鬼混。禮拜一禁止外出。不許提任何關於妳母親的事。」玲自幼知曉，年老的父親緊守著另一個祕密。

父親過早被生活折騰成一名乾癟又暴躁的老頭了，像不曾見他年輕過，家中無有任何照片可供參照。竹竿似瘦的父親在家，總隨意套件泛黃汗衫，搖扇蹣跚，身上總抹股不知要遮掩什麼的花油香。若逢熱天，汗液醚合著，在父親打了褶皺的薄膚上蒸出酸氣。

玲鮮少抱怨，一如所有貝爾維爾的黃面孔。學校同學或社區住民，都用一種過度討好的猥瑣姿態，或深怕遭人詬病的小心翼翼過日子。平時低聲交談，少同外人交際，偶有的互動僅存老者間，像父親休假來往的同鄉會成員。

「妳瞧。」一日，父親戳著報紙頭條對她喊。

「唸出來，大聲點。」父親在凳上摳腳汙，並將皮屑拍入塞滿煙屁股的碗裡。

「近郊歐貝維列，一名四十九歲中國裁縫路上遇襲，頭部遭重擊送醫不治。」玲接過報紙，試圖抑止顫抖的音。她瞄到報紙斜下角印著，在法華人同盟即將展開示威的標題。

「您會去嗎？」將報紙遞給父親，用指尖比著標題，玲低聲問。

「妳別給我搞政治。」語畢，父親頭也不回地出了門。

數週後假日進修班開課，玲開始固定每週六，潛入那冷灰沉艦大廳地下一樓，左邊轉角的房間。玲在家，總先偷偷倒掉父親備好的早餐，雖身為自家餐廳主廚，父親手藝實則一般。見桌上浸染酸辛調料的黑糊菜色，玲便消了食慾。巴黎長大出生的她，沒有一個東方的胃。抵達研究中心，她會在樓下自動販賣機前投幣，買杯濃縮咖啡或過甜的兩歐元熱茶，拿著燙手塑膠杯與事先盛好水的保溫壺，在左邊房前等候。

門鎖著，她習慣早到十分鐘。

大廳深灰無窗，寂靜出奇，她聆聽自己的腳步敲在地磚上的回音。敲著，走著，好像就慢慢遠離生活的瑣碎與不順心。她搓手，空調溫度極低，九月溽暑調成人工寒季。沉艦大廳偶爾滑過一兩道黑影，穿灰工作服頭紮黑帽深色肌膚的清潔婦女，整理完洗手間後，她們拉拖把，滑進看不見的角落。

教授阿拉伯文的，是來自阿爾及利亞的老先生阿赫美德。老先生年約六旬，乾淨整齊，常是淺灰西裝，白衫深藍呢背心，配紳士帽或深色鴨舌帽。聲音爽朗，極有朝氣。玲一連給阿赫美德教了三期。成員人數汰換，半年內，玲始終是教室裡唯一的黃臉孔。學員大多是阿拉伯二三代移民，早嫁北非男子的年輕家庭主婦，或與中東行商業往來的巴黎人。大家散坐橢圓桌，態度不冷不熱，客氣的交際使玲有時學期過了大半，還記不著三分之一人名。

辛西亞例外。她與玲輪流當頭一兩名默默等待阿赫美德來開門的學生。有時兩人碰巧堵在門口，互道聲早，閒聊幾句。玲記得在第一堂課自我介紹時，辛西亞說她是柏柏人後裔。

「啊……」阿赫美德拖了長長的音，那尾聲迴盪在不到五人的教室裡。

「柏柏人是散居北非阿爾及利亞，摩洛哥等地的少數民族。遊牧成性，說方言，與阿拉伯文化自古有著難以切割的曖昧關係。」阿赫美德堆了一個擠滿皺紋的笑，對疑惑的玲解釋。遲到的學生們輕聲敲門，道聲早，推開椅子，紛紛坐下。

辛西亞面容白皙，雙頰粉嫩。若細看，那經陽光炙烤的淡色雀斑，才會不經意洩漏遺傳的沙漠基因。髮紮至頂，恣意笑時，輕輕搖晃的鬃高馬尾。她是從燦金瀲陽中走來的少女，這是玲對她的第一印象。

「小時候父母把我送進清真寺讀可蘭經，我們跪地朗誦，照上頭母音標示一個字一個字唸，似懂非懂。有時貪睡偷懶，巡檢的伊瑪目便拿竹竿抽打我們。」報上名字後，辛西亞如是自我介紹。

「不過報紙或書籍上的文體沒標母音，便不會唸了。」聳了聳肩，辛西亞開懷大笑。

「妳為什麼想學阿拉伯文呢？」阿赫美德轉頭問辛西亞正對方的玲。

「不知道。」玲低頭。

「或許，我想做點特別的事情。」她咕噥著，話聲輕飄，像說給自己聽。

辛西亞比玲小七歲，大學新生主修法律。進修班上其他同學年齡懸殊，兩人因此常湊組做對話練習。نعم。玲喜歡阿拉伯文的肯定詞，「對」這字像極了用彆扭方式拖拖拉拉發音的，中文的「難」。

「您好，早上好。」辛西亞用阿拉伯語流利開啟對談。

「您好。我的名字，是玲。我，住，巴黎。我，學，阿拉伯，語。妳呢？」玲緩鈍地，照課本例句回話。

「我的名字是辛西亞，我是法國人，我的父母來自阿爾及利亞。」

「很，高興，認，識妳。」

「很高興認識妳。」

課後，玲跟辛西亞習慣一路寒喧至文化中心旁的聖日耳曼大道再離去。若辛西亞駕駛她父親新購的二手日產車，玲便索性擠在副駕駛座陪辛西亞談天。堵塞車流中兩人耗著，聊生活聊感情，有時隨意轉到中東電臺，隨音樂哼哼唱唱，哈比比哈比比，滿嘴我的甜心。

偶爾，兩人會在課外時間碰面，辛西亞開車載她四處逛，那些平時玲隻身無膽踏入的亂區。許多黑人男子在路上隔窗對她們獻殷勤，等號誌轉燈，辛西亞加速離去時，他們會大聲地，對她們拋出各式野蠻髒字，婊子，妓女。辛西亞毫不在意，猛踩油門，右手打方向盤，左手搖窗，伸出她年輕結實的手臂，朝後方比中指。

且看玲大學畢業數年仍闖不出一番事業，父親聘了幾名亞裔工讀生，讓女兒坐鎮櫃檯，指揮外場。一個週末夜，盤點完是日營業額，玲接到辛西亞簡訊：下班了？我在外頭等妳。玲探頭從櫃檯向對街望，熟悉的淡奶色二手日產車在路旁閃黃燈，辛西亞邊笑邊朝她大力摁喇叭。父親伸長狐疑的眼，抄起菜刀，從廚房快步走出。

「我語文課同學。」玲小心翼翼地對父親說。

父親往外瞅，見開車的是名女性，才沒太大反應。

「我外出，晚點直接回家。」玲趁父親還在猶豫之際，推了門出去。她知道父親心底是喜歡她多與法國本地人親近的。辛西亞的白皙膚色，對父親而言，就飽含整座歐洲的意義了。

穿越貝爾維爾大道，過翟固爾地鐵站沒多久，辛西亞便催促她趕緊下車。辛西亞興奮地拉玲往共和國廣場跑。滿坑滿谷的人，各式各樣，學生工人失業者，或不同地方移民。早春天氣微寒，入夜低溫更劇，大家群聚，身著各種顏色的羽絨外套，或站或坐。玲緊抓辛西亞的袖子深怕走失。好多人分別圍坐地上，前方擺塊木板或拉起自製布條，拿擴音器激昂地對群眾喊話。有人裹睡袋躺地，有人在廣場上搭建簡易帳棚。

「怎麼回事？」玲單手摀耳，朝前方的辛西亞喊。周圍鼓脹著一波波聲浪。

「la nuit debout。這是我們的反叛，不眠之夜。」辛西亞對她叫，並舉起手機，打開 periscope 程式，用鏡頭反拍她與玲的臉，她伸中指擠鬼臉，不時切換鏡頭特寫身旁黑壓壓的人群。

「我們抗議勞動法改革。我們要讓整座巴黎，整座六角帝都覺醒。」辛西亞對鏡頭說，她的眼神有光。

辛西亞撐了一年兩期課程，不眠之夜沒多久，不知不覺，她被新來且會自製傳統糕點予同學共食的主婦們汰換了。某個陰濛濛的入冬早晨，辛西亞像失足跌落沉艦大廳的最底最底。手機訊息無人回應。

第三學期，玲獨自敲著鞋跟晃蕩中心底部，阿赫美德來遲，同她匆匆點頭打聲照面，玲拿著保溫壺，獨自坐進那間失溫暗室。雙複數變化，動詞變化，現在式過去式，年份月份星期一到星期天。玲勤奮學習，像在產道上緩慢爬行，從基本句滑過胚胎，著床，住進複詞子句。辛西亞與些反動不羈的回憶，被玲遺忘在失溫胎盤裡。她填塞自己，詞彙片語如養分，從躺，至爬，強迫自己進化為二腳遠行。

若遇餐廳排休，課後，玲用學生價買券，乘電梯至文化中心四至七樓常態展廳。博物館區窗明几淨，一掃沉艦底部教學區的陰鬱氣息，展覽通道迴旋又迴旋，一處處玻璃間隔各式器皿，館藏按神祇，城市漫遊，身份認同，肢體美感等專題分類。石雕，古卡班防水披風，棉布纏捲，裂紋馬賽克飾壁分門別類於各角。

玲最常駐留在平放檯面或騰空吊起展示的各樣古製手繪可蘭經前。細緻描框的花草蟲虫，完好包夾蛇行蜿蜒字體，材質使用金箔，堆疊再堆疊的金。研究中心落地窗透光，玲有時便久久溶解，漂浮在這近乎永恆的畫面裡。

「詠讚真主。al hamdulillah。」玲隔著玻璃，邊用指尖爬沿可蘭經上的黑蛇字，الحمد لله 邊低吟，那課堂上阿赫美德時常朗誦的句子。

當阿赫美德初次朗誦這句話時，玲記得她打了顫，像幼時手上爬滿的微小癢疹，久不褪去。

有時，玲會收到父親臨時的上工命令，叮囑她刻不容緩，一下課便緊回餐廳。

一日，阿赫美德在課堂上批評瓦哈比教派激進份子。

「凡假阿拉之名，行暴力之實者，均為異端，與不義之徒。」阿赫美德難得提高嗓音激動地說。

包包內的鈴聲狂響，阿赫美德清喉嚨，撇了玲一眼。她伸手調為無聲模式的手機仍躁動不已。玲沒聽完課，便抓起背包趕乘地鐵。甫入座，站內廣播列車因技術問題維修，玲慌忙地收起折椅，朝最近公車站奔去。

被觀光客堵在前車廂的預留座旁，玲不時低頭檢查手機。時間點滴逝去。博愛座上的老婦，同樣黃臉孔，對她和善地笑，示意玲共享博愛座。玲搖搖頭。

「沒關係妳蹭上來，我瘦。這位置還可以塞一人。」

玲道謝後，往預留座擠，與老婦並肩坐。老婦身上散著透著淡而雅的香味。

「妳哪裡人？」老婦問。

「法國人。」

「我知道，我也入法籍。我寮國來的，妳呢？」

「中國。」

「那挺好，我許久沒回鄉了。打越戰後，隨先生逃來巴黎。大概五十年喔，半輩子活在這，拉拔個兩兒子長大。現在一個是醫生呢。」老婦微笑著，眼睛瞇成一條線。

「只是所有親戚斷了聯繫。五十年，再也沒有回去過。我的兩個兒子都還沒成親呢。真令人擔心。」老婦嘆息。玲覺得她有一股日本女子的優雅。

「妳呢？做什麼職業？」

「我在父親的餐廳幫忙。」

「啊，真是可惜呢。」

她們不再互視，或對話。

趕回餐廳，午休鐵門業已拉下大半，玲見廚房後方餘下整缸狼藉，脫下外套準備換上侍服，父親卻從角落，猛地朝她扔一只瓷杯。血，細細慢慢流淌右臂。玲不語，咬緊雙唇步出廚房。她鑽進櫃檯，單手開藥箱自行簡易包紮，再進儲藏室，拿掃具抹布收拾一室的不堪。

父親習慣在午寐時將新聞音量開至最強。玲淺眠，常抵著收銀臺發呆。她總等父親打呼後，悄悄把音量調弱，再從包包抽出本子，照語法課本複習。她現在能閱讀稍有難度的文章了。從右到左閱讀，養成習慣，好像凡事皆能以此反式思考，重新審視。她想，或許父親的責備刁難源於愛，亞伯拉罕為了神，是不畏於宰殺兒子的，玲記得阿赫美德解說古爾邦節的由來，那時只有她勤奮抄寫這些對他人而言稀鬆平常的筆記。

午休，她等待每週僅僅一次的驚喜。餐廳面對的長型徒步區，正對店內收銀機位置，設有一巨型綠塑膠圓體。四五人攤手環抱都圈不住的圓，表面鑿開一個個深黑洞孔，供行人回收玻璃瓶。每週不定期專車前來，清潔隊員架一長梯，按鈕，鋼爪穩妥夾起綠球抬至高空，放爪，匡噹，所有碎渣玻璃傾瀉而下堆滿回收車。玲喜歡這景象。好似什麼過度脆弱，不完整的，一併被接引，分門別類整理好後，離去。

「挺舒壓的。」玲想起某次對辛西亞訴說這事，兩女孩嗤嗤笑了起來。

入冬後，辛西亞便消失整整一學期了。

隔著砂布，玲輕撫隱隱作疼的傷。電視轉播城內恐怖攻擊，許多巴黎市民走上街頭致意，他們手持蠟燭，鮮花，在事出地點低頭，啜泣。有人高歌馬賽進行曲。人群中，玲只注意到一對黃面孔父子的受訪畫面。

「我知道，他們是群，很壞，很壞的壞人。」小男孩吸吮大拇指，轉溜眼睛說。

「我們用鮮花，對付敵人呢。」其父牽著稚子，彎腰，溫柔地說。

玲關上節目，冬天的餐廳陷入一片寂靜，她對鏡整理自己，拍拍臉頰，朝角落走去，輕輕喚醒父親。第二波用餐人潮，擠在地鐵站了。

翌年秋天假期，玲欲前往龐畢度藝術中心旁的ＭＫ２電影院。瑪黑區嘈雜巷弄裡，一中年男子尾隨她幾條街，趁號誌燈空檔拍了她的肩。

「一起喝咖啡嗎？」中年男子問，他的法語帶北非腔。

「我與朋友有約。」玲的眼神左右飄移。男子不死心，嘗試舉出所有可能的時間檔期，玲一再回絕。再纏幾條街，男子大聲喊著：「我有著極大陽具。」玲的心狂震不已，從沒人跟她如此狎昵，直接談性。電影必定是錯過了，她想。

「三十公分。」北非男子指著自己的褲襠，說：「不信？我可以給妳看。」他倏地湊近，將長滿鬍渣的嘴，朝玲的耳際吐出緩緩熱氣。

他一把抓上玲，熟門熟路拐入暗巷。城市喧囂在外，男子任由玲好奇地搓揉。

「去妳家好嗎？」男子提議。

「我與父親同住。」玲直視他。她停下動作，從口袋掏出濕紙巾反覆擦拭沾滿液體的手。倆人坐在公寓後門臺階上，中年男子替她捲了菸，她撇開頭。窄巷外是整片黑色的夜了。

「妳知道，很少女生拒絕我的。連在老家突尼西亞，我的外甥女都情不自禁地坐上來。趁我睡著的時候。」男子吐著菸圈，得意地說。

中年男子格外殷勤，玲同他約會數次。她提議前往巴黎大清真寺午餐。玲主動牽起男人的手，前後繞行幾圈，最後，她挑了靠窗座位。色彩強烈的馬賽克磚與古銅飾品交錯，鳥穿梭不歇，飛倦了，便停於桌沿啄食客人吃剩的北非小米。

中年男子替她選餐，侍者們均北非裔。她難得被殷勤服侍，饒富興味地喝男侍炫技般從高處提壺直沖而下的熱薄荷茶。中年男子東扯西聊，她根本不在意，只顧一昧地笑。

付帳準備離去，尚未跨出大門，玲便撞見一匹白布橫批路間。救護車，警察，擔架，湊熱鬧的人羣。不遠處一輛小機車翻覆，碾碎的車殼與磨痕迤邐。

玲緊盯白布。辦事員忙於拍照記錄，無意驅趕人群。男伴拉了她的手。前院禱室頌詞方始，玲的腳像被釘住了。巴黎大清真寺前，頌偈中所有似懂非懂的字詞竄流腦門，熱與漲與疼，玲的眼前一片白，跌進中年男子的臂彎。

貝爾維爾的某處廉價旅社，血流在床單上。玲的頭與下腹部都激烈疼痛，入夜後感官逐漸甦醒，她伸手摸床沿，床單上只凹陷著一座男人曾駐足過的廢墟。

「您撥的號碼是空號。」

父親咆哮，在她嘗試躡手躡腳進門時。父親衝上前用力扳開玲的手，查閱手機所有通聯紀錄簡訊。

「花錢讓妳學習，就是為了這種事？妳跟妳媽一樣下賤東西。」怒吼時，父親頸部乾瘦的筋絡青紫緊硬。

他摔門離去。玲二十多年來，首次看見父親哭泣。

數日家中氣旋悶沉至底，父親的臉了無生機。

他的話更少了，只在公寓餐桌上留下對玲的禁足紙令，他從外加鎖，並要求大樓房委會重新編排公寓的大門電子碼。

房裡唯一能做的，唯有閱讀。經過數週，情緒日趨平靜，於窗前，玲重新翻開語法課本，講義，與先前在研究中心附屬書店購買的雜文手記。一字一句讀著，網路仍保持連線，足以查字，搜尋特殊語彙。逐漸摒棄臉書，推特等社交平臺。外界友人曬近況，分享新映電影打卡美食名景，一切如是尋常，也如是痛心。漸漸，她習慣關注更遙遠的事，非洲渡海難民死傷人數，敘利亞內戰，或東南亞政局。

晚冬午後，玲收到一封未署名電郵。她打開附檔點選影片。一名纏繞頭巾的女子，激昂地用阿拉伯文朗誦。玲聽著出神，隔數分鐘才發現女子若隱若現的雀斑與白皙膚色。辛西亞。影片中用全黑頭巾包裹的是辛西亞。她的聲音高亢，穿越黑暗。

信件內文先以法文簡短開頭：加入我，將榮耀獻予真主。其後，緊銜一段阿拉伯語：

سُبْحَانَ اللهِ وَالْحَمْدُ لِلّٰهِ وَلَا إِلٰهَ إِلَّا اللهُ وَاللهُ أَكْبَر

將榮耀與聖潔獻給真主，詠讚真主，除真主外別無異神，真主至上。

玲的腦子暈轉，迷眩。包覆在居家毛衣裡的臂膀爬滿靜電，極癢。

「Al hamdulillah。」電腦前，玲用微小的聲音，復述著。

隨信的另一附件是內含一百零七首作品的數位掃描詩集《真相之焰》，上面謄寫作者名，阿赫朗　奈絲樂。

他們的子彈，地震般摧毀我們大腦
連堅硬骸骨都於毀壞前　溶解

他們解剖學般
刺穿我們的　喉，拋扔我們的　臟
用大水清洗街頭
而血，
仍同雲卷般　喧囂傾瀉。

原來消失已久的辛西亞加入了位於摩蘇爾的聖戰活動，玲在網路上用關鍵字阿赫朗・奈思樂查詢。她的母親在媒體上驕傲宣稱伊斯蘭國解放了她女兒，偉大的女詩人，更即將解放所有的苦難人民。

玲想起某日下課，託辛西亞開車載她至十三區父親的同鄉會。她試圖追尋，拼湊一個消失已久，或從未出現過的母系原型。辛西亞將二手車停在大樓轉角。玲按鈕，先用中文報了姓名。電梯門一開，面前的老人用手指示意她，轉往邊間以避耳目。室內昏暗，案檯上擺了廉價筆鎮，瓷花瓶。牆上糊著一張張泛黃捲曲書法與水墨風景。一臺自動洗牌麻將桌位於右方。老人扶椅而坐，背光，玲這才發現他與父親神色相近。

「多少透露點吧。大伯，任何事都行。」玲懇求。

老人寡言，對所有提問支支吾吾，她起身，將數張百圓鈔塞入老人的西裝口袋。對方面有難色，手卻緊放胸前，時不時掂掂那厚實的重量。

「我最多只起個頭，妳若猜不到，我便不再透露了。」沉默一陣後，老人說。他從鼓脹的口袋中艱難地抽出手巾擦臉。

「妳母親，曾在克里席門站附近工作。」

「十七區？您指妓女的從業地？」玲的臉色倏地刷白。

老人點頭，不語。

「貝爾維爾裡許多上了年紀的中國婦女，都從事性行業。這挺平常的。這挺平常的……」玲兀自低語。

「她是愛滋死的。」老人朝門口望，放低聲線：「她的包包裡從不放衛生套。因為警察巡檢時套子都成為鐵證，好多同僚因此鋃鐺入獄。害了病也不給醫生治，怕別人閒話。她瞞好久。併發症沒多久，便撒手了。」

玲記不清是怎樣離開同鄉會的。許多細節，像父母親如何熟識等等，皆不復記憶。她眼前一片茫然，慢慢扶著生鏽的鐵鑄扶手下樓。

玲坐進車內不發一語，隨後她的肩，開始隨啜泣頻率大力抖顫。她用指尖深深掐緊自己雙臂，直至凹陷。辛西亞伸手撫摸她的齊耳短髮，良久。發動引擎，辛西亞將車駛回聖日耳曼大道。她從提袋掏出一包乾草絲，熟練地從紙盒抽出半透明紙張，快速捻了根手捲菸。點火，她把菸遞給玲。

「吸一口。會舒服許多的。」辛西亞神祕地說。

玲將嘴湊上，剛吞入第一捲雲便被嗆得淚流滿面，喉頭似火焚燒著。

「這下可好玩了。」辛西亞大笑不已，隨後噘嘴深呼一口。

辛西亞把玲拽下車，吵著要散步遊河。

走著，玲的腳步逐漸輕盈，身軀像被穿縫了看不見的線，被一雙來自天際的大掌輕輕擺弄。走著飄著，心裡那些冰冷碎裂的，好像頓時暖了，融了，甚而漂浮。辛西亞拉著她，在塞納河畔嬉鬧，任何微小的動作或話語都能惹得玲捧腹大笑。

「我們今天要師法波特萊爾。騰大麻煙雲，漫步聖日耳曼德佩。」辛西亞的笑聲迴盪在玲的耳裡。

相隔數日，玲回了信。

她只簡短地在內文題一個字，ض，音似彆扭發音中文裡的難，阿拉伯語中的肯定。

隨後，不斷湧入各式來信，附署不同電郵聯絡信箱，私人推特帳號教學影片。關於逃脫，轟炸，與槍械。許多陌生男子女子，不同膚色的檔案資料，博物般分門別類交換祕辛。他們一步一步接近。就在一個不其然的週間午后，他們砸開密閉氣窗，夾梯，從天而降。

玲被轉介在一個又一個陌生房間，男女混居，時常只有她一個女生，一個來自東方的黃皮膚女子，她在這群體裡感到自己的特別，摸著逐漸留長的髮，有時也挺開心。郊區公寓三大排書架上擺著科普雜誌，阿拉伯聖典，還有一櫃專門置放一些意料之外的盧梭，伏爾泰，或三大卷漢娜．鄂蘭《極權主義的起源》。男孩們通常是那再平凡不過的貧民窟混混，血氣方剛，單身。鎮日遊手好閒，聚在客廳操著粗語打遊戲，有時吆喝，拚酒比腕力。酒酣耳熟時，他們對玲或幾個女孩談到自己如何隻身前往埃及，巴斯克地區，或從莫斯科行夜車偷潛至格羅茲尼，與當地叛軍同住，聽人民忿忿指證俄軍於車臣的暴行。

很偶爾，他們會攤開一疊科普書籍，教導她難以理解的繁複化學變化，程式編碼。他們給她捲乾草手捲菸，或吸食各式粉末，吞飲藥丸。玲覺得自己時常在飄，游移不同時空，感應，並被諭知些什麼。她知道有不同的人進入她，清晨，或夜裡。每一個進入她的，隨著報銷的網際帳號銷聲匿跡，第一次經驗不斷複寫，像一句重複的單字用語。

「這一切都是為了真主。」他們在進入她前嚴肅地說。

「是的。」玲會閉起眼睛回應，一個單字，像用彆扭方式發音的中文的難。

瓦哈比教派宣傳報上寫著，解放亞洲是伊斯蘭民族的末日救贖。玲正式消失一年半了，貝爾維爾的華人們，各同鄉會紛紛耳語，網路瘋傳的砍頭影片中，受害者是一名從巴黎被綁架的中國裔老廚，在模糊粗礪如沙的背景中，黃皮膚女孩身裹黑巾，在攀附白色蛇行字體的黑色旗幟前，大聲朗誦詩句。她沾血的手狂抖，緊握另名全身著黑，白瓷肌膚底的年輕雀斑女子。語言學家們用音檔反覆分析，推定讀詩女子來自巴黎第二代華人移民。

「將榮耀與聖潔獻給真主，詠讚真主。Subhanallah，al hamdulillah。」她說。

「真主至上。Allahu Akbar。」另一個她說。

她們的眼神炯炯，似火，燃光。

象人與虛無者

他不存在，他們說。

他跟他們呼吸相同空氣，吃食同類物品，有著用色票也難辨別的近似膚色深淺，他跟他們甚至生長同一座城市中，但是他們說，他不存在。

唯一的毯，是不分時節的黑，包裹著。存在，一個多抽象的詞彙，他想。他用指尖撫拭漸抽長的雜亂鬍蓄，向上，用指甲輕輕摳，結在臉頰上的痂，或凍結成塊的垢。太黑了，他無法辨識，他摳著，並用食指將離體彈向更遠暗的角落。有人咳嗽，他將身子往內縮，小心控制自己呼吸起伏，整座軀體像被深埋炸彈般，一動，肌肉牽引，痛即鋪天蓋地席捲而來。但千萬不能叫，喊，不然，他們就要來了。他知道他只能控制自己的呼吸，吸，吐，吸，吐，並嘗試睡去。

睡眠是徒勞的，總會有尖叫，呻吟，或是極大碰撞聲敲碎睡眠的邊界。他睜眼，還是黑，但偶爾會伴隨著腳步聲，金屬滑鏈拖曳，摩擦地面迸出的蛇行尖音，一些辱罵或哭泣。千萬不能哭，他告訴自己，眼淚是懦弱的，女性的，抬頭挺胸，勇敢，像個男人，像家人教導那樣。但，他們說，他跟這些隨意哭泣，在黑裡無法辨識身分的人們一樣，是不存在的，這令他傷心。他不輕易哭，從小，他對存在這詞感到前所未有困惑，而這種困惑帶給他一種比肉體更大更深的，痛。

亞歷山大・赫拉托夫是他證件上的名字，中間安插父姓，尼可拉維奇。父親化為他的必須身分印記，這種連帶，是一種辯證關係嗎？辯證性的存在，他想。他也即將成為父親了，再七個月的時間，他也將帶給孩子一個亞歷山德洛夫，或亞歷山德洛夫娜的父姓，端看孩子性別。如此雙層性的連帶，與存在有關嗎？存在上的存在，他想，或許像一個驚嘆號或引號一樣，屬於加強語氣。

他其實一點也不想結婚的，年輕氣盛，經營自己的雜貨鋪，他有極好看的微笑，許多老婦人會多繞幾個路口，專程來他店裡購物。他親切地稱呼她們，親愛的巴布什卡。他記得每位熟客的名，家庭狀況，她們堆滿皺紋的臉會裂開一個個缺牙的微笑。有多少年輕女孩刻意拿剛褪冰，還冒著汗的輕飲料，捱在櫃檯與他談論天氣，他簡單地回應，並微笑。他不想結婚的，但是父親跟他說，像個男人，必須結婚，所以他娶了一個親友介紹相貌中等的女子。婚禮上，父親與兄長圍圈跳舞，狂歡，難得的食物，各式沙拉，糕點成堆沿長木桌擺放，母親與父親其他妻子們攜手做的純白結婚蛋糕，極大。他一逕帶著漂亮的笑，主桌中央呆坐，他知道自己的表情多少透露空虛，他應該為自己成為一個男人而開心，卻提不起勁。整個晚上，無論多少人拉他跳舞，他卻只想飲酒。

喝酒是禁止的，他們說。他知道，但一如所有禁忌，越嚴峻越灼灼閃耀誘人毀戒的光。他在幾次火車越界，切換行政區的旅行中，總是一下車，尚未離開車站，便喝得爛醉。他鍾愛那馬鈴薯釀、色澤透明、冒著厚醇氣味的酒。他學了偏方，回程私製，在他店鋪的小儲倉內，濃度直逼九十。他在婚禮時，想著自己的私釀酒，他在擁抱妻子時，也想著私釀酒。他下班後並不直接返家，盤點完庫存，走入倉櫥，倒酒，一飲而盡。一杯是極限，他擔心身子或鼻息也散出厚醇的，發酵了的馬鈴薯氣味。街上都是警察，穿筆挺黑衣，黑硬帽的警察，荷槍，雙手抱胸，站立巡迴車旁，他可不想惹麻煩。他壓抑微醺，打嗝衝動的好心情，帶著笑，敬禮走過他們身旁。

公園，暗巷，或開車至鎮與鎮間聯繫的荒林中，回家總是深夜，或冷或暖，卻一樣的疲。他總半瞇著將闔上的眼，如此審視他的妻子。她的臉糊了，像一塊亂揉，被隨意擱置的麵團。

他用力坐在老舊褪色沙發上，雙腳交疊擱茶檯。他對她發號命令，若有些情緒，便打她，出手倒不重，就像個男人懲戒自己女人那樣，像他的父親，兄長，用一兩個耳光，拳頭，溝通。對，他想到父親與兄長使用溝通這詞，而他不那麼使勁的，畢竟身為男性。妻子的臉模糊，但至少他知道她叫娜塔莎。如今黑暗中，他們用編號，或更難聽的辱罵，取代亞歷山大・赫拉托夫。一筆勾銷那正式，帶有好看微笑的他。

他被帶走的那天，街上，眾目睽睽的市中心，他獨自漫步，不經意地吹著口哨，一輛黑而巨型的車在離他不遠路口停下，四個比他身形更加彪悍的男子將他拖至車廂，上手銬，一路無聲地在車內度過了二十五分鐘。

城市像失速幻燈片往後退成黑點，碎屑，他眼睛捕捉到，許多簇新，雄偉的高樓，還有他與他們領袖的巨型輸出海報。領袖深棕色捲曲蓬鬆的鬍，羊毛般肥碩、一鼓作氣蔓生至剃刮適宜的腮幫子，頭頂。領袖與他父親的合照並列，領袖的父親，國家前領導。現任領袖雖民選高票上任，但撇開制度看，卻似世襲。兩人同樣擁有能勾審市民靈魂最深處的嚴厲眼神，不過對他而言，領袖親切，許多夜間新聞後，他半睡半醒間的電視節目上，總有領袖的專題報導。

領袖一反多數政客常例，公私場合均喜運動棉衫配同材質戴帽夾鏈外套。領袖壯碩，攝影機捕捉重訓室內領袖挺舉重程啞鈴的畫面，岩般賁張的胸線將棉衫撐至變形。騎馬狩獵，或在貴賓席觀賞男子赤身搏擊摔角時，領袖臉上會閃現孩子氣的笑。他從窗外回神，張望，這才發現同行，將他包挾在車上的四名男子，也留著與領袖同樣的鬍子，髮型。

市民對領袖的狂熱反映了這城近十年的驚人轉變。像現在車子急駛碾壓過的，平坦，中段徒步區植滿翠綠樹冠，布有嶄新夜間照明設施的市區大道，他是十幾年前怎麼也想像不到的。還有那粉彩，粉綠刷面的西式建築，咖啡廳，與西裝革履的男人們。十幾年前，這裡是一片破敗，戰爭砲火襲擊首要區，敵方堅壁清野式的決絕。他的青少年期，就在霧濛的灰土塵埃，與隆隆轟炸聲，步槍聲中渡過。

戰後重建期，他會在能見度低的大半夜，最好是冬天，獨自晃盪在荒蕪的街，半傾毀，被炸出多處窟窿的公寓殘身。雪，整紮整紮枯萎垂擺街邊的長草堆，他走過，腳底發出某種奇異的清雜聲，草的呻吟，夾混空彈殼與碎磚的奏鳴。他喜歡往那些比黑更深的地方探，碰運氣，去嗅聞，碰觸，看有沒有與他同樣，背著月光的，寂寞探索者。所有的框無能保留一扇完整的窗，冷風灌入窟窿，灌入黑洞，同月色，打在他赤膊的身。

車急停在一座極高建物前，他的背反作用力彈起，再摔回皮墊上。他們將他拽下車，兩人架著他的膀，雙腿滑在泥濘地。他勉強抬起頭，砌得極高的紅磚牆，鐵刺網繾綣纏繞其上，大把荒蕪空地。必是遠離市中心了，他想。但耳際仍傳來一些片段的孩鬧聲，與機械平板，低穩的運作音。不至於葬身荒郊野外的想法，讓他舒坦許多。

窄門，彪形男子前後包夾他，五人成排，擠在長形，地上滿是裂磚瓦，凹凸不已的廊。碎光篩漏在一間間空蕩狹仄的無門小房，一個樓梯，他們將他擠至最前，再大力推下。爬起身，來不及抖擻髒灰，他的兩臂再度被套牢。走道上許多人雙手高舉，掩面，靠牆兩側各自沉默。他用沾了灰的指頭輕輕點數，四十人，清一色男性，他們將他反鎖進一間密室。

他們拉開一張椅子，示意他坐下。極低瓦度的電燈垂吊，晃著軟舊，無力的黃漬光，他的雙手攤放桌面，無言。一名男子走入，光頭，粗眉，留與領袖一樣的鬍，較短，並沒那般濃密。男子穿無袖黑皮背心，裡頭整套長袖迷彩衣，左肩上放了標誌他們國旗的方形勳章。他在心裡悄悄稱呼面前男子，隊長。

隊長在他面前扔下一張照片，他從桌上拾起，往前湊著燈看，那是他與另一名，背著月光的，寂寞探索者合照。他的手搭著他的肩，兩人都掛著璀璨好看的笑。他開始發抖，他想喝酒，唾腺發酵，他嚥下口水，眼角滲出水意。

他舉起被銬緊的手，一手捂胸，以神之名賭誓，他行事端正，家中所有親戚與他，無人參與過任何恐怖組織。行事端正一詞讓隊長原先無表情的臉露出笑意，隊長朝旁作手勢，他們在他面前擺了一具帶把鐵箱，從旁抽出兩份夾鐵鉗的線，套在他手上。隊長用指尖，慢慢調頻老收音機般順時鐘轉動鈕盤，慢慢慢慢遞增幅度。電流從鐵鉗夾住的手指竄入，所有關節喀嗙喀嗙震動，撞擊，拆解骨頭最細微接合處，再半秒，他將崩壞，塌陷成齏粉殘灰，只要再半秒。

隊長伸手逆時針拴回轉盤，並上前，在他臉上搧了一個耳光，血從他的鼻孔不爭氣地流出。你跟走廊上那幫傢伙是國家的恥辱與毒，而國家的血，必是聖潔，純淨，隊長在他耳際說。他的身體開始像頭上那盞燈搖擺不定，他們就要消滅他了，他想，像他們消滅他的弟弟吉瑪，像消滅那些犯戒律的男女。吉瑪。

生母難產死亡的吉瑪，冥頑強勢卻飽受寵愛，至少一開始，寧靜安好的戰前歲月是這樣幸福卻又充滿妒意的。

語言能力遲緩，四、五歲仍只能用不成句的字詞咿呀湊義的吉瑪，塊頭卻高他許多。吉瑪易怒好動對比他的溫馴，父親總跟吉瑪與其他弟兄玩在一塊，威嚴的父，兩腳跪地，呈獸狀讓吉瑪騎，他們在客廳奔跑，兄長們圍圈拍手，唱歌。他在房裡默默看著，像要瞅出血般的盯，吉瑪雙腳倏地鉗緊父親腰際，無法抑止地抽搐，晃。隨後整個人繃成一直線，後仰，腦勺擊地。

地上，吉瑪張嘴，身子螻蝦般扭，甩，頭不住砰砰敲地。母親與父親其他妻子們聞聲而來，瑟縮一旁，無助地哭。大家試圖扳開吉瑪拴緊顫抖的四肢，慌作一堆。吉瑪半癱瘓，顫抖的嘴，流出瀕死蟹類專有的慘白泡沫。

他倚門，揉眼，看著母親們兄長們與父親。他露出微笑。

他同吉瑪分床位，一人一邊誰也不越界。有時深夜，吉瑪熟睡翻身，打呼，放肆地將鼻息噴在他臉上。他就直盯吉瑪左眼瞼上的小肉球直至天亮，方才入睡。洗澡被規定兩人同行，他與吉瑪，像長輩們背地裡串通好的惡作劇。兩人共擠舊搪瓷浴缸，他隨意將肥皂抹吉瑪身上，吉瑪胸背多處泛著淺黃色點，像久了，無人查閱的書頁，或隨手打翻的茶印。他刻意不去碰觸那些地方，快速地拿勺子舀水，澆淋吉瑪巨大，起泡的身體。

當首架塔克駛進城，鳴炮，而街上箐疊起一具具屍首，吉瑪的身體，開始改變，卻似誰也不曾多加留意，唯有他。

在空襲臨時安全區，儘管要穿越好幾座廢墟，才能抵達水源處，他仍受命攜吉瑪共浴。吉瑪身子先前的淡色區塊，逐生密集，緊湊的浮疣，像老房子裡無可避免的壁癌。他間隔一尺距，隔空，用水瓢大力朝吉瑪潑灑，並小心閃躲回濺的水花。等不及拭乾身體，吉瑪繞著井邊跑，揮舞肥大的雙手。他趁機，像玩捉迷藏，趁吉瑪不注意時鑽到離井不遠，背對森林的另一邊。

反光，偏暗，他迅速蹲下，脫衣，用預先舀好的水勺，破罐，快速滌淨他瘦小，偏白的身軀。

熟睡身旁的吉瑪，依舊朝他的臉吐氣。他緊瞅吉瑪左眼瞼上的小肉疣，如是，在不斷遷徙躲藏地點，輾轉流離的夜，它熟成。從芽，成蛹，最終破爛，潰瘍出累累成串的瘀紫圓形。

當吉瑪的左眼球，生成不容忽視的龐然物體，父親挑了塊空地，召集所有男丁，當眾剝下吉瑪衣物。

月，與兄長手持的火炬，噴閃在吉瑪蟾蜍般多瘤身軀上。

兄長們撇開眼，父親嚇斥將吉瑪置中，反綁在鐵竿上，並把吉瑪的嘴，填滿從舊衣上撕下的帶邊布條。有人開始顫抖，他站在企圖掙扎的吉瑪的十一點鐘方向，呆望。吉瑪的脖頸伸得蛞蝓般長，左眼囊果垂晃，隨掙扎時身體起伏，鐘擺般搖擺晃動。吉瑪又嘗試叫喊了，只是這次父親不再用食指與拇指，親暱地捧起下顎，耐心推敲語意。父親從懷裡抽出磨好的刀，兄長們遞上火炬，父親將刀刃兩側輪流燒炙於焰尖上，朝吉瑪走，燙刀平放在吉瑪左眼瞼，數秒後，鋒利而下。一顆，一顆囊蛹血淋睪丸般墜下，沾沙，有氣無力地滾動在廣場上。

紅色的吉瑪，嘴裡塞滿雜色布條，站在十一點鐘方向的他，只覺眼前一片黑，身體直成一條線，噗通後仰。他感覺瀕死蟹類專有的慘白泡沫，從自己的嘴角，緩緩爬出。

父親將纏繞各式紗布舊衣的吉瑪，放在離水井不遠，一架被大火焚成烏黑的敵軍坦克內。

他終於可以自己洗澡了，無拘無束，只需穿越幾座廢墟，拎上舊鐵箱，裡頭放些罐頭，流質食物，或家人偶爾幸運地在退襲災區拾到的過期醫療用品。坦克缺頂，他拿一張極大鏽鐵片覆蓋，防雨，上面壓幾粒大石。抵達荒林，他攀上車，朝坦克敲三下暗號，再依序搬開石塊，鐵片。

黑洞，望不到底。從洞裡飄出腥味，氣若游絲的呻吟，他探頭，朝窿微笑，再把鐵箱子裡的東西一股腦倒下。黑洞裡傳來尖叫，還有不成句的咿呀詞語。別出聲啊，否則他們要找到你了，他對黑洞說。回聲輕輕的，夾雜低頻，來自暗處的呼吸起伏。他拍撣手上的灰，再依序搬回鐵板，壓上大石塊，離去。

綁好啊，一個陰霾午後，他將雙手圈成傳聲筒狀，朝黑裡喊。他將母親們用的頭領圍巾各式寬衣布料，朝洞底扔。綁好啊，知道嗎？他再次說。他用手在頭頂，臉龐畫圈，擬空纏繞教學。戴上兩層護手套，墜下粗繩，用雙腳找平衡點方便施力，他使勁拉，最後用雙臂將吉瑪龐大的上半身拽出洞口。

氣吁，他從舊鐵箱拉出另一條麻繩，套在吉瑪手腕處，並打上死結。遠方傳來悶雷般炮鳴，他單手牽，慢慢地，一步一引吉瑪下車。

在兄長們的注視下，父親揭下遮掩吉瑪臉龐的衣巾，其左臉，曝在月光下，像一隻被砍了耳而鬱悶，蒼老的象。紫灰色垂重，厚實。昔日肉球壯碩成潮暗處易見，布滿霉癬的石垛，從腮幫嘴角一路下墜。吉瑪凹陷的胸，盛滿大小不一肉瘤。父親上前扯開吉瑪衣領，身上的舊傷，爬滿蟹足痕。父親捶牆嚎叫。兄長們別開臉，有人開始刻意談論天氣。他獨自站在十一點鐘方向，注視吉瑪完整而異常乾淨的下體，還有沿那顛簸象臉緣，流下的淚。

他牽吉瑪回水源地，父親尾隨他，並保持一段距離。他挺背脊，正步，將繩子拉得緊實。攀上車後，他垂下粗繩讓吉瑪爬入闃黑駕駛艙，父親的目光聚焦燃燒他的背，他回頭，發現父親站在半塌水泥磚樓一角，只探出半個身子。別出聲啊，否則他們要找到你了，他對黑洞說。

翌日，盥洗時攜舊鐵箱，他熟練地爬上坦克，敲三下暗示。搬移鐵板，石塊，朝裡頭喊，沒有任何碎的話語，呻吟。寂靜攤在伸手不見五指的洞，風曝襲，他打顫，猶豫數秒，躍下駕駛艙。排泄物與各式體液的臭令他咳嗽乾嘔，他張開雙臂，卻只撈到一些零碎的瓶罐金屬屑。吉瑪被黑暗吞噬了，他想。

他繞了半座城找，直至隔日凌晨進門，跪在父親腳邊，請求原諒。他對將面臨的懲罰感到恐懼，他第一次哭，父親卻只冷冷地別過頭，望窗，叫他收起眼淚。

吉瑪消失後，第一次，他開始思索存在的議題。

反義辯證法，那消失便是存在的證明了，他想，所有實體必將透過失去來應證自身。吉瑪消失了，但父親，兄長與母親們在意的，仍是每日在破布蓬搭的流動攤販中能交易到多少食品用具。吉瑪的名字無人提起。或許遺忘才是存在的反義，他想，並思索如何能被記憶。他必須將自己從一個微小，孤獨的刪節號的點，養成一個肥碩的驚嘆句。

他開始健身，在家關上房門，徒手伏地挺身。滿五十次循環，起身，用右手熨貼，撫摸酸疼胸口。

他會在城裡走上好長一段路，試圖找尋一片堪稱完整的單人鏡，在鏡前脫下上衣。憑窗光，左照右照，讓不同陰影篩在日漸深邃的溝縫裡，他滿意地對鏡練習微笑。數月後，他的身形同這城市一樣有了顯著改變，他刻畫，雕塑出同兄長們般好看，彪悍的肌。

父親說，增肌訣竅，在於透過不斷的撕裂，在撕與裂間填滿養分。這是父親首次對他說超過單句長度的話。他練得更勤奮，增加循環組數，控制飲食。他的肩膀寬了，手臂粗了。父親准許他參與家庭會議，並偶爾與他獨處。

他公開發表意見時，會蓄意壓低嗓音。全身痠疼累積，有時，他腦中會閃現吉瑪身影。在整座城沉睡時，他躡手躡腳出門，走進森林鑽入坦克腹部。駕駛艙裡難聞的濃郁氣息淡了，他抬腳，將身子縮至剛好的捲曲幅度，讓黑暗淹沒。

他們沒有消滅他，只將他像密封罐頭般擱著。

隊長給他三天時間自白，呈上共犯名單。他醒時仍一片黑，磨蹭兩頰的乾草莖與遠處哀嘆，提醒他仍在密室。他在空氣中嗅到一股某種節慶前特有的躁動，他費力撐起身，手搭欄柵，試圖從黑裡辨別輪廓。視覺退化擬態下聽覺格外敏，鎖匙轉動聲，門的開闔，腳步，急促多人的腳步直趨而入，逼近。

鐵欄被扯開，發出尖而刺耳的音。他蜷起折疊了無數傷疼的軀，那些留著與領袖與領袖父親同樣鬍子的人踹他的背，待他轉身時，他們用手電筒直射他的眼。他們將一具疲軟的物事卸在他身邊，他的眼睛曝茫著光花難以辨識，他們踹，那物顫抖的音如塵埃，飄飄升高，散去。他伸手，觸摸，方覺那是和他一樣，襤褸下滿是傷痕的軀。

噓，別出聲，他想對他說。

他們把燈轉開，周遭爆出許多尖叫。鄰室男子們的軀，像畏光的蛾，蟲虺，不斷往光圈外圍可探及的末端逃逸再逃逸。他看到片段，來不及併攏收齊的髒趾，細鞭狀膩結的髮，走神的眼，或面牆抖簌不已的枯脊。

留著與領袖與領袖父親同樣鬍子的人們走進，將他壓制成半跪姿。他們把新來的男孩推至面前，眼對眼，鼻對鼻，他們繞圓，將他跟男孩包圍。有人吹口哨，擊掌，有人哼軍歌，他們將男孩呈站姿推起，男孩的髒牛仔褲被褪至小腿肚，他的頭被大力地往男孩下體塞。

軍歌，口哨漸強。他與男孩像被卡榫龍頭漩口，無力地，讓周圍聲流拍打，撞擊。他的嘴鼓滿酸臭味，他的頭被拔起，男孩癱軟的私處讓他們不滿。他們抬出一桶桶，用舊罐子儲的，室外接漏簷滴雨的水。

有人扳緊男孩的顎，將浮渣殘液一桶桶灌入男孩大張的喉。他的頭仍被強壓於男孩下腹。五分鐘，十分鐘，他們圍圈祈禱，像虔誠教徒領取聖餐般乖順等待。當男孩的雙腿不自然地磨蹭，扭曲時，他們驚嘆出節慶時的喜贊。男孩尿了，有人同樣褪去褲頭。他的嘴被人用力固定成口字，盛放，吞飲。盛放，吞飲。他的眼濕了，髮濕了。

他的嘴開合，開合，像魚。

他們拖著沉沉黑靴走遠，關了燈。鄰室男子們畏懼的眼神在遠處，磷般飄閃。對不起對不起對不起，仍在顫抖的男孩縮在他身旁小聲啜泣。他先用手拭去自己臉上水跡，再將濕掌抹於乾草，他伸手，拍拍男孩的頭。別出聲，否則他們要找到你了，他對他說。

翌日，隊長將掌型錄音卡帶扔在桌上，按鈕，空白磁條摩擦出嘶嘶聲頻。隊長關門，隻身對影頂上搖晃的黃漬燈，他清了喉嚨，調整坐姿，開始對錄音器說，他其實記不清第一次了，他的城市夜行。

吉瑪消失後，他每天減少半小時體能時間，沐浴後，將挪來的時間，嬰兒睡姿息憩烏黑鏽壞的坦克車長座位。沉寂的黑如毛毯撫慰，淺眠的他將食指輕放唇際，便能如釋重負地打呼。雨季，他從外邊挪上先前的舊鐵塊，遮起缺板的砲塔艙。雨敲打廢金屬奏起無邊無際的曲，他左右檢查嵌在車長艙的六副潛望鏡，黑夜裡搜尋黑影，他依稀聽聞吉瑪叫喊，只是聲音被裹在樹林裡的雨，雨的線條樹的線條行行密密，他的眼睛累了，他瞇著了。

戰後復原期，城市夜行之始，不斷擴張的城市預留腹地併吞了森林，坦克不復見。他的藏匿基地，吉瑪唯一棲身所，吉瑪若回來，會焦急的，於是他越走越遠，自發性地。

荒地裡的半毀民宅，積水的大廳，有時稚嫩男子們裸身泅泳其中，他上前揮手，擠了笑容招呼。他向前，一一檢視他們的軀，痣的分布，胎記，凸起的各式腫塊。他閉眼，撫摸男孩們的身體試圖記憶，隨後抓抓頭。找錯人了，真不好意思，他說。隨後卸下衣物，跳進積水大廳，換男孩們伸手，在他身上找尋他們所需的回憶。

偉大領袖之父，與敵方政府在大雪紛飛的寒季簽下停戰協定那年，敵方供資金推動都市計畫，原有廢建築被拆除。偉大領袖之父，試圖將黑暗翻轉為光暈，光與影，亮與暗。這又是存在了，說到這他呵呵笑了。但再高聳縝密的科技建物，一旦麇集，仍會在間縫與間縫中滑出陰影，他說。往昔的稚嫩男孩們如今成年，飽滿，他們等待新的水泥聚落成形，日落時刻，側身屏息，他們仍會在暗影裡，為彼此的裸身上，張貼一張張尋人啟事。

他最鍾愛地點，城中擬古的十八世紀宮廷花園，外圍修葺長型低矮水泥階，下頭架設停車場，幾座地下道通散花園四周。入夜，出口熄燈，捲下鐵門，剩抽風機發出隆隆運作聲。水泥階內，洋溢金土，旱季久了，成沙漫天。

花園設計成典型法式迷宮，齊肩高的灌木整齊修剪，迴圈般切割內繞，枝蔭皆庇。入夜，飲酒後濛濛醉意的他岔腿，坐水泥階上看來往人群，清一色男性。盛夏，他們仍穿連帽外套，低頭，快步穿梭密林間。熄菸，他走入暗綠迷宮，叢間開大小不一洞口，像他戰前老家鼠類在廢衣堆中開的甬道。

他彎腰探，倒視叢洞中大小，數目不一，被葉緣枝影勾勒圈框的腳。一對，兩對，三對，他扳手指數，邊根據鞋況，推測其主人身材，長相屬性。乾淨好看的進口球鞋，汙漬破損的帆布鞋，黑色或棕色的尖頭皮靴或露趾涼鞋，看到鍾意款式，他會鑽入密道，讓身體凹折枝枒發出窸窣斷裂聲。

若遇相貌順眼者，他使眼色手勢，方轉身，依原路線朝出口離竄。當然，他會在每個迂迴處，放慢步伐，轉頭看對方是否緊隨。待兩人步出花園，他將眼神飄至斜角地下停車口。他快步拾階而下直抵最黑深背光處，男孩慢慢下階，他抬頭，仰視男孩被拖得極長極細的影，像黑夜裡的一道濃焰。

盲視狀態下，全身毛孔花蕊般盛開，他進入男孩們，或男孩們進入他，像一種密謀。那黑，像一路延伸至舊時戰區夜林，他因痛苦或愉悅而叫得更大聲，他想，若是吉瑪聽到，便能尋回來時路了。某些瞬間，他覺得，吉瑪在黑暗中進入了他。

一兩年後，他的下體出了狀況。極癢，起疹子般，如廁時他低頭檢視，有時，上頭浮層灰白色的霉。他擔憂，下班後將自己反鎖儲藏室，灌更多酒方便自己昏迷至隔日，在廁所簡單梳洗後直接上班。幾次，他鼓起勇氣拉開褲襠低頭看，霉褪，竟露出完好肉色。

他欣喜，將收銀機裡大把鈔票全數提出，開車至鬧區商場，為妻子買飾品。他不記得她的臉，他依自己的品味喜好挑，並交代店員包上最貴的玻璃紙，緞帶。他心情極好進門，對妻子微笑，並紳士地在她臉頰親吻三下。

他們上床。

有時，疹子會結成亮紅色的點，纏繞私處。他上網搜尋各式偏方順勢療法。他拿妻子縫衣釦的針，用火炙烤消毒，針尖平貼肌膚，隨後輕輕，在每個小點上慢慢磨至紅點滲出血水，最後用紗布摁淨。運氣好的話，待傷口結痂後，摳掉，便會生出新皮。有時大面積氾濫，他便從雜貨鋪拿出那罐早已拆封的醋，少許沾於紗布，捂住傷口，並用膠帶沿邊貼妥。悶整夜，運氣好的話，能腐蝕出整塊平坦。

康復時，他持續夜行，在花園灌木甬道與停車場入口折返再折返。他揭開一層層的葉，看鞋，看臉。他揣測成年的吉瑪不知鍾情何種款式的鞋，他伸手，邀園裡男孩們一一步下階梯，在全然的黑裡喘息。

始終沒能痊癒，復發後病徵漸劇。他寄電郵托國外親友，幫他在網上訂購專門藥劑。短牙膏型，不及小指長寬，便花掉他三分之一收入。將乳白色藥膏擦抹傷處，頭幾天的搔癢感，轉為錐心劇痛。

他無法行走或將雙腿塞入任何一件櫥櫃內的合身褲，他托妻子在雜貨鋪貼上臨時歇業的紙條，想到老婦少女們的失落神情，他便在房裡輕輕嘆息。臥床兩週，他無法維持任何姿勢寧靜。療程換來鵝黃膿液不斷湧出，他憤怒地將數根藥管，同未拆封的玻璃包膜扔進廢紙簍。

決心停藥，疲憊的他，逐週遞減洗澡次數與更換內褲頻率，他想像他的下身消失了。不復存在，未曾擁有也就無所疼痛。不碰，不看，不想。數週後，能開始行走的他親自開店，掛上好看的笑容坐在收銀機後方，如常。搬運貨品時，一閃神，他感覺下體新結的痂，因大幅度動作撕扯崩裂，他怔怔地，坐在還來不及打理的木板地上。

那天傍晚下了好大的雨，他提早打烊，從櫥櫃內掏出深色酒瓶，嘴湊瓶口，直接了當一飲而盡。

套上深藍色防水外套，他一路走向空無一人的中央花園。佇立水泥階上，眺望被雨絲填滿，補縫，那原被男孩們穿透而出的暗綠洞孔。他一腳踩入泥濘，踏著漣漪水印朝地下道前進。入口處堆滿防水用沙袋，他側身，抬腳跨入黑暗。

盡路鐵門前，他把自己縮到最小，指尖輕放唇際，輕吮食指入眠。那晚，他第一次夢見吉瑪。黑暗中，吉瑪的臉，大小不一深色肉球，沿頰呈弧形下墜，看不出年紀，身卻是無比高大。吉瑪朝他揮手，緩緩寬衣，剝除圍巾，舊牛皮外套，白襯衫，最後露出的胸是整片滲血的粉色肉塊交疊。

吉瑪除去長褲。白而透潔的疣，樹瘤般直直攀爬雙腳。吉瑪從頭到腳，像一道由暗紅至白的漸層色階。他發現吉瑪沒穿鞋，腳邊擴散透明，帶水氣的光。就在吉瑪要褪去內褲之際，他醒了，抬頭，暴雨已歇。他左右鬆轉僵硬的頸部與肩，走出地下道，水色月光相織的藍浸泡了整座花園，像吉瑪走過的痕跡。

有人穿梭樹叢裡，他將花園，臺階，地下口等所有細節納入眼底，他想，這是最後一次了。空氣涼爽，夜空下他伸手道別，他拔腿奔跑，決定今晚將熟睡妻子身旁。

睡前，他從廚房抽出利刃，並於水桶裡注滿半桶冰塊。他在澡缸前依序剝光自己。圍巾，舊牛皮外套，白襯衫。他褪去內褲，左手持刀，緊閉雙眼。許久，低頭看，卻是一整面光滑，新生的皮。他不信神的，但那晚，他閉眼，跪在浴室冰涼的磁磚地，蜷起拇指食指中指，在胸前，從上至下，從右至左，畫了十字。

隔天他特地早起為妻子備餐，不善廚藝的他，只簡單地將冰箱底層的馬鈴薯洗淨，去皮。鍋底先熱油，他倒下切成長條狀的薯片，最後在煎至金黃的焦面上打了兩個蛋。

特地繞至街口，踮腳，他摘了幾株金合歡花插在桌上白瓷瓶裡，他滿足地看著一切，並在胸前畫了十字。他將更換時區，與先前永夜的自己，切離。妻的笑聲打斷了他。他回頭，滿足地看著妻，雖然他還無法直視妻的臉，但他學習將眼神對焦在她的肩，頸或髮梢。出門前在包包裡放入備好的麵包，他在妻子的臉頰上親了三次，便哼著歌走上街。

城中大道，一輛車疾使而來，將他鎖入另一段永恆的黑。

結束綿延話語的他極渴。

空白磁帶仍在密室裡嘶嘶摩擦著，他卻再也擠不出一絲口沫或詞句。桌上放一只沾灰玻璃杯，他覺得這擺飾，多少帶了點惡意或玩笑。他將臉頰平貼桌面，用手指輕輕敲著，單調的音。

他想，這時刻，該有多少人與他在相似處境做著同樣動作呢？他繼續敲著桌面，單音，雙音，單音雙音，快慢，慢快，像組傳遞，連結無線黑域的密碼。

腳步聲在他身後聚攏，睜眼，隊長再度位於前方。

隊長拿起錄音夾，按下倒帶鍵，被壓縮過的聲音蛇般竄出。隊長滿意地點頭，並遞給他一張白紙與簽字筆。寫下那些記得的姓名，就自由了，隊長說。他遲疑了一下，擎筆，從記憶窪縫中掏出那些相關，以及不相關的名。

臨走前，隊長將一架舊電視機挪入室內，銀幕上頭，領袖翹腳，穿棉質運動服，舒懶地躺在沙發上受訪。訪者西裝筆挺，正色問，關於許多人權組織獲報，控訴您逮補並虐待同性戀一事，您的看法是？領袖皺眉，露出孩子氣的笑。手撫肥美羊毛堆般的鬚，隔了一會，領袖搖頭。

他們是不存在的，領袖說。你說的那個詞，我無法複述，那種東西，是不存在這國家的。

他們釋放了他，門欄旁，隊長鄭重地為他套上頭套。他們這次溫柔地，將他擁入車內，些許陽光篩過黑布，落入眼際。等頭套被撤下時，他已身處家門前，他回頭，男子們對他恭敬地行了禮，揚長而去。

他稍稍轉動門，鎖頭便輕易滑落。屋內是一片狼籍，妻子的物品已被清空，還有那只皮箱，與他提早買的，昂貴遮棚嬰兒推椅。

他在客廳為自己點了菸，緩緩地朝空中噴氣。

好事的鄰居早已在家門前探頭探腦，說著細瑣，像是安慰，解釋，又像混了辱罵的詞語。他想，很快城內所有人，都將知道他的事情。他用鞋尖捻熄菸蒂，走到巷口，為自己買了幾桶漆與修繕工具。

整個下午，他用木板自組簡易刨臺，裁定一座等身大小的深色木櫃。傍晚，他將整間房間與所有傢俱刷上一層又一層黑漆。待月光灑入廚房，他關上燈，打開廚櫃，把剩餘的黑漆淋在身上。鑽進櫥櫃，闔上門，雙手環膝，他想，午夜來臨，吉瑪必隨父親，兄長們，從宮廷花園地窖最暗一隅，攀爬而出，擎著烈焰與刀，往他的家方向逼近。

噓，不要出聲啊，否則他們要找到你了，他對自己說。

la frontière

邊界

「無量魔圍繞，惡聲動天地。菩薩安靖默，光顏無異相。」

——《佛所行讚卷第三，破魔品第十三》

婊子，十三

你是被閹割的，他們說。我點頭回答，知道了。

他們在板上，描繪一顆血淋，犄角內彎的羊首，聲稱是我腹腔裡生殖器剖面。我應聲說好，再次點頭。

他們用尖長木棍戳指羊臉，說，這是一個空缺，一個等待，孕育新生命的地方。

十三歲那年初潮，才發現，原來我是女性。我二月生，那年冬季冷異，瘋狂下雪。生日當天下午，學校空檔，隨整點鈴響，血順著腿滴滴答答流。十三，這人人避諱的數字，像朝我的腹腔狠狠揮了一拳，用傷害來告知我的真實性別。之前，我快活無憂，噢，除了玄關掛著瘋癲，再也沒回家過的的母親相片，會讓我在出門時皺起眉頭外，一切甚好。父親將我的金髮沿頭型圓弧度剃平，如自家園裡須定時請墨裔花匠修剪的草。他稱呼我小鬼。我們從未擁抱，親吻，用餐時我們隔得老遠，分坐鋪有藍條紋巾的長木桌兩端，無聲進食。

我喜歡穿有黑色洞網的九號籃球衣，寬鬆質軟的鮮藍褲配純白氣墊鞋。我的個子比同齡孩子們高。小學放課後，喜歡同男孩們較量足球，籃球，橄籃球。他們矮我一截，手腳略短，我占先天性優勢，人人搶著跟我組隊。我喜歡羞辱那些輸球的傢伙，他們排隊，一個個上前，讓我們輪流用球丟砸。廢物，我們大聲叫喊，整座藍紫色日落運動場迴盪我們細嫩的嗓音。月升，我們擊掌撞肘，跨上腳踏車後，各自奔回不同的街角。

父親瞞了我十三年，成為女性的我，回溯年幼畫面，才發現一切如此可疑。父親避免用充滿性別意識的代名詞稱謂，跟外人聊天時，他總直呼我名諱，或叫聲，小鬼。我從未見過父親全裸。洗澡前他會輕敲房門，告知他將盥洗，勿使用浴室。炎夏，他開車翻過州際公路載我至海濱日曬，戲水。我套海灘短褲，打赤膊，來回踢濺不斷襲來，充滿挑釁意味的浪。再熱的天，父親都堅守他的白背心，印象中，少數一兩次，他忘了抹油褪下上衣，我瞧見他堅挺，方正的胸肌。父親胸膛彎著金黃色的毛髮，像熟成的稻穗纍纍。我比著自己的胸膛問他，什麼時候，能跟你一樣？他摸摸我帶刺，剛剃好的頭，微笑不語。

十三歲前，胸部開始腫脹。我跟父親說，胸疼。他只淡淡地回，這是生長痛呢。太好了，我忍不住尖叫，跳躍。終於能跟父親一樣有硬挺的胸了。洗澡時，我在鏡前仰頭，用手來回撫摸頸際，期待隆起跟父親一樣的喉結。聲音從那，會轉成沙沙的低沉順耳頻率。而逐漸膨起的，卻是軟綿無力的胸。一定是缺少訓練，我想。決定脫離球隊，到鄰近公園找根嶄新銀亮的槓，做引體向上。

「我想，我受傷了。」生日那天，我對醫療室裡戴粗框眼鏡，頭髮毛躁的越南老阿姨喊。她瞄我腿上染血漬的淺色球褲，埸臉起身，蹭繞至後方鐵櫃。她遞給我一粉紅包裝，上面繪製簡易花草的方正軟墊。她致電父親，請他攜帶乾淨衣褲接我放學。

「你的女兒來月經了。」這是我第一次聽到月經，第一次聽到有人用你的女兒，來替代我的稱謂。

回家後我把自己關在房裡好長時間，父親將晚餐與生日蛋糕輕放門邊。待他下樓，我甩開房門，踹，讓所有他細心準備的餐點一路滴答流淌樓梯間。我恨他瞞了我十三年。

隔幾日，校方安排特別活動，我與一群女孩被帶往視聽間。我坐在教會式長椅上，眼前一條條平行木桌，畫著不知誰用白乾顏料塗的可笑器官與髒字。窗外，闊葉植物貼著玻璃面，上頭壓擠冬日午後的灰。身旁的女孩們竊竊私語，我居中，像一根錯生的藤，她們如一株株將開未開，蜜液暗湧的補蠅草，在長椅上隨風抖顫，搖曳。

授課教師走入，她帶細框鏡，齊耳鬈髮，一襲長裙。她微笑地看整園狂竄的草，然後將手中錄影帶推入黑盒播放器。待銀幕跳閃出字幕，她便開門，退了出去。

懸掛電視映著褪色近黑白的實驗室，定點俯視角度，所有人，器具，堆擠偏離的左上框。幾架流動檯，一支座椅，上頭一淺色袍，不見臉的女子仰頭，岔腿。一名戴術帽男性背對，用手電筒探著我們看不見的底，幾名白衣人員來回穿梭，端盤子，戴手套。男子伸手，白衣人員遞上器具，一隻銀製鴨嘴鉗，男子將其深入底，旋開卡榫。兩片尖叫，擴張的嘴撐開洞口。除了抖顫的腿，我們忘情地左探右望，仍見不著女子的臉。

男子拿著一根其長無比的粗頭夾，伸入底部，掏挖落水溝裡的遺物般，旋轉，試探。確認後，再使勁抽拔。他身旁移動流理臺的橢圓銀盤上，堆著越來越多細小屑塊，那數目，隨抽拔旋轉幅度遞增。挖出的拾物，漸漸成為帶紅的尖骨刺刃。最後，男子使勁擺身，從底抽出一塊栓塞的頭。用力過甚，夾子緊扣，一股濃稠的白，軟淌而下，落地。畫面上同樣的白景，吸納，消抹了痕。只見其餘人員拿掃具，拖抹拾理。男子慢條斯理地在橢圓盤上拼湊碎屑，刺棘，最後放上那凹陷，不完整的球。

一個缺手缺腿的紅色小兒伏著，像哭又像睡。

畫面中斷。在某個專注的時間隙縫，任課教師鑽進了座位間，她起身，按下暫停鍵，退出錄影帶，並請我們往下一堂課教室移動。我走在人群間，女孩們捂著腹部臉色蒼白。我第一次與女孩們做著相同動作，擁有相似神情。

那該是多枯燥，疲憊的過程，我想。體內的薛西佛斯，固定時間在羊首四壁，粉刷上一層又一層漆，只為等待犄角深處豢養的浮球，黏附於上。相合一日一夜的寧靜，球體滑落。那精細布置的壁飾，再被他擎槌碎為哀粉塵絮，從羊首鼻腔，咽喉，一路推滾至我的雙腿間。

十三歲那年，我決定成為一名婊子。如果男人與羊首，像潮汐終究受月力牽引。我決意用身體展現平等，讓他們體驗我每月悶疼，以及生產墮胎等驚天動地的痛。

首先，必須了解何謂女性身軀。

中學圖書室位體育館二樓，老舊的潮濕木頭味，深色吸音毛毯。分散四側的閱讀桌上，架著半透明翠綠殼燈罩，幾名學生趴著，瞌睡，有人戴耳機搖頭晃腦，有人轉筆哼歌，沒人認真閱讀。迷走旋繞的木櫃夾道，我在標誌健康知識的區塊停下腳步，成排深色漆皮，鑲金線精裝書。踏上踮腳凳，我從最上層架抽出人體學，解剖學兩本灰塵濛厚的書。背依櫃身，兩手捧閱一張張黑白繪製，標滿密密痲痲拉丁學名的圖，全然陌生。順手滑至末頁查看閱覽記錄，卡片殘破黃舊，上面被人黏了髒灰口香糖。邊角，一只蠹魚無聲囓食，我用手指將之捏成一抹噴濺黑墨的點。我的查閱印記。

轉回醫療室，我進門，越南阿姨頭也沒抬，張嘴，打了一聲哈欠。我在她面前坐下，她兀自翻掏皮包，拿出手巾抹去疲累的淚。

「我想了解自己的身體。」我低頭，怯生生地說。她轉向我，挑眉，露出狐疑眼光。我指了指我的腹部與更下方。

「我想知道，女性的生殖器官。」我用力掐腿，讓自己用平穩語調擠出最後幾字。

「畫出來。」越南阿姨的臉上漾起神祕的笑，她拿了一支筆放在我面前，用粗啞聲音說。她的發音略有偏差，我在沉下來 drown，與畫下來

draw 間猶豫了一會兒。

我把自己關在浴室裡，照越南阿姨指示。脫光衣物，拿起平日父親修刮鬍漬的隨身鏡，將之平放水藍地磚，我單腳站，另隻舉高的腳穩跨洗手臺。小圓鏡落在雙腿間，拿起預先攜帶，上方備金屬扣夾的單板塑膠墊，將紙按壓擺妥，拾筆。我往下探頭觀照，反覆描繪雙腿間的神祕。那處，像有人躲藏層層布幔間，悄悄地，露出兩手指尖，撥開一處縫隙，窺探。我使勁彎腰，伸頸屈膝，試圖研究仔細腿間的鏡面反射，我好似望見黑暗裡，炯炯耀爍，一雙血紅羊眼。

我決定前往街角提摩非大叔開的舊物店，獲取更多資訊。上學途中，提摩非大叔總挺著圓滾大肚，濃白鬍鬚，在昏暗，霉味四溢的櫃檯後方朝我招呼。一入店，我便快手快腳地鑽進書報區，搜刮一些汽車、家飾書籍。再依球隊男同學們傳言，繞至右側堆滿成人玩物的角落。我把幾本較薄的《閣樓》雜誌，塞夾在預先挑選的書內。以防萬一，我撕下幾頁火辣圖片，將之仔細折疊緊藏內褲，臀間。我揮手吹哨，把整疊書籍大力放在提摩非大叔面前。他用粗肥的手將那疊書報以細繩綑仔細，秤量報價。紙鈔扔櫃臺，我抱著那疊書，頭也不回地奔。

玉體橫陳，輕紗羅緞掩不著的飽乳碩臀，我用指尖一一翻頁，女子們膚色各異，穿各式熨貼制服，褻衣。在森林，湧泉，池畔或暗色牛皮沙發上噘嘴，撩髮，用腰身拗折各式奇異角度。想想那幀母親的相片，醫務室越南阿姨，或平日行道上會打招呼的太太們，我將素描抽出，與雜誌內頁並擺，對照。我卸下衣物對鏡審視，我的身體太平凡了，渺小而蒼白，我必須設法在身上，建出一座華麗無比，讓男性著迷的廟宇。

翌日，返回舊物店，我對提摩非大叔說，我需要一些女孩衣物。

「左邊數過來第二排，便是女士衣物區呵。」提摩非大叔笑道。

「我想要妳女兒的舊服飾。」我比了鬼臉，對他說。他的臉霎時沉了下來。城裡誰都知道提摩非大叔的獨生女，在十六歲時舉槍自盡，沒人知道原因。

「若讓你為她添購的漂亮衣裳孤單老去，太可惜了。」我記得他女兒當時穿的歐式手工蕾絲衣，百褶裙，還有滾邊兔毛帽。我說：「拜託你，我父親沒有這樣好眼光。我會給個好價錢的。」

提摩非大叔扛著肥重身子，踏著不情願的步伐上樓後，拖下一只旅箱。「都在裡面了。」他說。我把從父親皮夾裡偷來的錢，一股腦倒在桌上。

決定蓄髮，及腰，璀璨瀑布般的長，需要時間。此時，我只能尷尬地頂著男孩式旁分頭。我套上添購的二手淡粉色裙裾，在鏡前轉身繞圈，心裡仍疙瘩地不適應。這需要練習，首先，必須踏出房間，在家隨意走動，我想。我換上環圈蕾絲短襪，瑪莉珍鞋下樓，漫步廚房客廳。父親從浴室走出，見我，先是錯愕神情，接著迅速轉身砰地甩上房門。定是發現我偷錢了，我猜。走至玄關，原想開門，踏著月光閑晃，我卻止步，回頭拿下母親的相片。

湊光看，她短髮，穿著與我相似的衣，與我有同樣神情。難怪父親如此憤慨了。我狂喜地將相片擁入懷，快步上樓，將母親的相片，我的素描，與幾頁我撕下的成人雜誌內頁夾在漫威畫報裡。我把畫報壓於蓬鬆的枕頭下，沉沉睡去。

豐富的性經驗，是成為一個婊子的必須。為了展開復仇計畫，在我的十三歲，必須終結貞操。

那日放學，我刻意穿件過大白襯衫，不紮，領子豎得高挺，短髮先用濕潤雕露與吹風機打理過。手插牛仔褲口袋，我坐走廊銀灰置物櫃前，等待徐。來自馬來西亞的徐總與我一塊鬥球，個頭嬌小，孱弱。對他有印象，先是名字，我們嘲笑他家人鐵定做了骯髒事，才要噓噓噓地保密。他不回嘴。當我們拿球輪流懲罰他時，也只有他鐵杵般原地不動，也不叫。

徐訝異我的到來，我向他打了招呼。

「好久不見。」我說。他避開了我的視線。

兩人緘默，身後男男女女笑鬧著。

「我有事找你幫忙。」我說：「我們必須找個安靜的地方。」

我抓起徐的手奔走廊道，他跌跌撞撞地跟。我用眼神搜索無人空間，邊試，所有教室門都被工友提前上了鎖。

「天殺的。」我喊。最後我拉徐至醫護室，門扉同樣緊閉。我命徐在花臺內挑一塊粗大石塊，用力朝醫護室玻璃大門砸。徐如是乖馴。他舉高臂膀瞬間，我的膚上泛起陣陣暴雨前，逃竄無門蟻類亂咬的點，我打了顫，察覺下腹部在流血。趁徐不注意，我趕緊扯開拉鍊上角，伸手內探。湊眼，我的指尖纏繞著，蛞蝓或青蛙肌底般，透明的黏。

我們並坐在鮮綠色的床沿。

「你知道我是女生？」我問。徐點頭。

「什麼時候開始？」我接著問。

「一開始就懷疑了，去廁所時，你總躲在馬桶間。」徐的聲音越來越小。不想解釋父親那套站著小便的男生是教養低落家庭出生，或直視運作的微波爐，眼球會烤焦那些謬論。我相信過的，丟臉。

「還有呢？」我嚥了口水，儘量維持冷淡語調。

「還有，你前陣子開始發育了。」徐的聲音弱到快聽不見。

「噢，你們這些下流胚子。」我說。他把頭壓得更低，我們沉默好長時間，我的腳在床邊前後擺盪。

「我想看你裸體。」我說。徐瞪大眼睛。

「我也讓你看我的。」語畢，我伸手解開襯衫鈕扣，徐將身子挪得老遠，我硬將他的手壓在我胸上，揉。

「喜歡吧？我知道你想要的。」我近乎嘶吼出來。

我命令徐脫光衣服，他照做。他的腿與凸顯的肋，像冬季枝枒般瑟縮，無助。一坨黃疸色的蒜頭鼻垂在雙腿間。

「真是醜陋。」我甩開他試圖遮掩的手，說。

我命令他把玩他自己，垂軟鼻子遂挺成一根中指。徐對我比著中指。

我喝令他躺下，隨後跨坐徐身上，笨拙地用手找尋正確位置。進入的瞬間，並無特別感覺。不出一分鐘，徐便在底下噭噭討饒。我離開了他的身體，空氣涼颼颼的，徐緩慢地穿上衣服。

「今天的事不准說出去。」我交代。徐用無神的雙眼看我。

「如果傳出去了，我會嚷嚷是你強暴我。」我朗誦事先備好的臺詞，並強調了強暴兩字的音節。徐搖頭晃腦地像失了魂一般。

「為什麼是我？」他說。

「噢，書上說亞洲男性尺寸最迷你。」說完我放聲大笑。他的身體彎成一顆球，不再言語。

「噯，你們老師有提過薛西佛斯的故事吧。」穿好衣服，我起身，用手肘推他。徐不解地抬頭。

「我的子宮裡住著薛西佛斯，你的手裡也住著他，知道吧？你與你的祖先是注定的奴隸命。」

我用父親皮夾裡偷的鈔票，買通了醫療室的越南阿姨。她會在下班後，將鑰匙藏在樓梯轉角，女廁第三間的馬桶水箱底。一個禮拜，有幾天，我會與徐單獨進行各項實驗。我的實驗。我用木箱攜著提摩非大叔女兒的舊衣物，我讓徐換上，並為他攝影。我讓他坐，爬，跪，擺出各種怪異姿勢。或用筆在他身上畫著重複堆疊，犄角內彎的羊首，以紅顏料塗滿羊首未蓋及處。一日興起，我拿出從用餐區偷來的不鏽鋼甜點匙，我命徐張腿，費了好大氣力，用了半罐凡士林，才將湯匙伸進他的雙腿間，掏，挖。他鐵杵似地，不動不叫，慘白的臉龐卻不斷滑下斗大汗珠。

中學畢業前夕，我決意離開這安逸，擁有過多熟面孔的城。這裡的中產社會結構緊牢難攻，為了更快成為一個婊子，我想往人口更混雜的區域搬。我與久不交談的父親商議，他拒絕棄守現有的工作與社交習慣。

「住在那些貧民社區，你只會更糟。」他說。

「再糟，也不比被親生父親騙了十三年還慘。你他媽的畜生。」我回嘴。甩門前，他賞了我一巴掌，那是我們第一次肉體接觸。

隔幾日，算準時間，我在浴室放滿一池偏熱的水。煙霧繚繞，腳翹在龍頭上，挪了舒服的位置。

右手持刀片，在左腕上下左右，來回刮畫。紅紅的血，雲染似的一波波擴著向外轉的圈，臉上爬著溫熱水珠。閉起雙眼，入睡前，我聽見急促的拍門聲與門鎖轉動的喀喀聲，現在剛好是父親的盥洗時間。

醒來時身處醫院，手上包了厚重的紗布白網，父親鐵青臉在病床旁單人椅上打盹。我小心翼翼地一圈圈褪下包紮，把紅得糊爛的手伸向父親面前。那年是千禧年，我在手腕上橫刻著，2000 happy new year。

「新年快樂。」我把父親搖醒，對他說。

搬家後的生活變成一系列高速運轉畫面。我的婊子生活進行得異常順利。我們入住一個非洲與拉丁移民占百分之七十五的區，剩下的白人，多是酒鬼，毒蟲，或領取救濟補助的失業者。我喜歡這裡絕望的空氣。新生入學當日，高中草坪上滿是菸蒂與大麻味，水泥外牆被噴上五顏六色的巨型塗鴉，穿肚臍環的火辣黑女孩與垮褲球衣的黑男孩們攜帶巨型音箱，放著大聲的饒舌音樂，他們的叫喊聲蓋過音樂，我猜他們放著鹽巴胡椒姐妹的歌。入樓前要過安檢門，教室裡擠滿黑壓壓或深褐色的臉，我像一灘石油裡，唯一一顆漂浮珍珠，潤白，耀眼。

我在首堂自我介紹時說，我的名字是十三。

根據高年級生的解釋，我迅速摸熟了整間高中權力結構。傑瑞德是這座學校的地下校長，高二生，黑幫成員，超過一米九的頎長身材，臉尖如錐，上牙齦圈了整排銀線。圍繞他黑色休旅車的，是一群凶煞男子，他們身旁偶爾摟著幾個馬子。

我知道傑瑞德重修好幾堂課。我刻意選了相同教師，挑了鄰近座位。為了加深婊子角色複雜度，我認真學習。我的課業在這所高中優秀拔尖。考試時，我會將紙卷刻意挪出一角，輕咳做暗號，讓傑瑞德抄寫。我們當然好上了，誰能拒絕一名送上門的稀有白人女孩？我們開始約會，電影晚餐與無聊的校際棒球賽，當傑瑞德想占有我時，我會蓄意地挪開他的手。

「喔，不行，我們還沒到那步。」我說。我必須成為他正式女友，鞏固地位。

傑瑞德在正式交往的第一天擁有了我，完事後，他湊到我身底下的床單。

「我以為妳是處女。」他的語調透了些許失望。我緊張地盜汗，信口扯謊，我挑了一個先前中學我最討厭的物理老師，我對傑瑞德說，我被他強姦了，那個畜牲。

沒想到，隔天就傳來那名物理老師的死訊。

父親將能與我碰頭的機會減到最低。他甚至找了加班藉口夜宿辦公室。鬼扯，我想，他一定與其他的婊子好上了。不過這樣也好，許多夜晚，我會叫上傑瑞德陪伴。能在我家過夜讓他非常開心，他住在六個兄弟姊妹共擠的小公寓。我們在父親的床上做愛，我喜歡讓父親床單滾上我們的體液。有時，我會從白色衣櫃裡，拿出父親最珍愛的黑頭皮鞋，我要傑瑞德射在鞋子裡。

一切回到十三歲前的安好，愉悅。這短暫的幸福時光終止在傑瑞的毒癮上。傑瑞德的事業，遠比我想的更加繁雜，他與兄弟們販賣槍支毒品。一切只怪我那句話。我對他說，如果你是男子漢，怎麼不自己試試呢？他一句話也沒回，便單手在臂上綁了焦黃色橡皮圈，在我面前拿起針筒，靜脈注射。

他變得無眠，任何撫摸都能讓他極度亢奮。但，傑瑞德卻再也無法對我挑釁地比中指了。更糟的是幻聽，他會在大半夜把我吵醒，命令我將耳朵緊貼牆壁。

「妳聽那些辱罵我的聲音。」他緊張兮兮地說。我什麼也沒聽見，只能捂著昏脹的頭陪在他旁邊。他禁止我外出。

「他們要來了。」他說，到處都是要逮捕他的人，他的手狂抖不已。他跪著求我幫助他，我第一次看到哭得如此無助的男子。他的臂上滿是坑洞，我必須挑一些少有的空隙為他注射。

我總藉用採買食物的藉口透透氣。偶爾，我致電他的兄弟們，請他們替我照看著。回家後，把傑瑞德綁在床上，我與他們輪流性交，作為致謝。羊首內，薛西佛斯溺斃在滿盈的奶與蜜，我三個月沒來月經。

以前總厭惡女性因生產才完整這種語句。現在，我思索著是否保留孩子。

產前，我想請人為我拍一組照片。輕柔白紗，頭戴花冠，在一個滿是水泥牆與巨型植栽的房間。我會要求攝影師長時間曝光攝影，全暗無燈時，按下拍攝鍵，他用一隻細小手電筒來回快速照射我的白紗，花冠與臉龐。當然，我要拿一把刀，刀口摁在被撐裂，變形的肚臍。刀鋒上下輕移。我的臉上會浮現好看的微笑。

我想要一個女兒，可以的話。我會讓她虐待我的乳蒂，並因此而滿足。隨後，我會告訴她，我不知道妳的父親是誰，這世界任何人都可能是妳的父親，這世界強暴了我。我會讓她與我裸體生活，抱在懷裡，告訴她所有祕密，那些男性對女孩的下流幻想。我幫她化妝，教她如何做個淑女，也教她如何做個婊子。成年前，我會邀請各色各樣男孩女孩男人女人，讓她恣意地在他們身上摸索，探取。她將成為我忠心的學徒。

如果是男孩的話，喔，這就傷腦筋了。我仍會裸著身子在家裡四處遊蕩。我會指著他的陽具，跟他說，寶貝，這是多餘的東西。你有著多餘的，無意義的東西。我會細心觀察，在成年禮派對上觀看他的性向，我希望他是名同性戀。如果他是異性戀呢？喔，我只好命令他，把玩自己，讓他用下體，對我憤怒地比中指。

我會命令他進入我，我會跟他說薛西佛斯的故事，我會跟他說所有希臘悲劇起源於人面對神時的無力與不可逆。為了超越神祇，你必須進入我，我會跟他說，他的陽具裡，住著伊底帕斯。

intra muros

我城

Il fait tout noir au fond des abîmes. Mais je ne veux pas fermer les yeux. J'écris pour voir. Car la leçon des ténèbres, c'est la lumière.

——Camille Laurens, *Philippe*

「深淵之底全然漆黑。但我不想闔上雙眼。為了觀看我書寫。只因來自魅暗的課題，是光明。」

——卡密兒・蘿倫斯《菲利浦》

情慾齊克果

他有一只融化的耳朵。右方，殘餘的下半部，乾燥葉緣般靜靜內蜷著。同側臉頰，淺刷一道斜方淡粉印，當他微笑時，方印尖端，與抽長的嘴角，近乎吻貼。夜晚，城市瑩光探照下，粉斜區塊像裹了膜，磷閃潤澤，好似滾熱焦灼的傷，剛被抹上一層藥霜，正新鮮。

融化的耳朵，斜方淺粉印記，這是她回憶他的方式。

今天是老情人火葬後第一百八十天，像一年正巧對半切。

她打開抽屜，捻燈，在標題「歌爾戴莉亞的日記」電腦文件上，寫著一條又一條線。踩著地影黯月，她從置物櫃裡取出一只瓷，轉蓋舀粉後，佐茶飲之。

對鏡自照，她仍維持學生時的清。戴了細銀框鏡，便能遮蔽眼角淺紋初顯。捲紮的麻花辮，輕躺左肩，勾嘴笑，鏡中齡，便埋入了晨霧般的不真切。年過半百的她，外表唯一特點，是老情人鍾愛，她原自嫌，褲裝時易顯下肢短截臃腫的軟垮梨臀。如今她衣櫥裡一字排開的，多屬少女味的白衣素裙，不添飾物。

她的老情人，是真老，綽號夾雜實際年歲，同步指涉感情經驗。

老情人大她三十歲，兩人同處三十幾年。老情人煙逝後，她才真正學習獨立，生活踩遠慣常軌跡，像漫無目的許久，才發覺身處廢棄劇院演臺正中，底下呢絨椅子歪歪斜斜的，繃了線，她忘了腳本，只有殘光從鏽蝕的銅窗透入，她覺得，必須發幾個音，嘆幾個句，或比畫些手勢，才好離去。

火葬那日她缺了席。老情人的妻兒特請安檢人員把守會場，為提防她的出現。

殯儀館內與她熟識的人員早通知了她。那天，她選擇用自己的方式悼念。換上與昔日制服同色系，近款式衣裙，她開許久的車，重回與情人初識的中學。

當年的磚牆已卸，校園轉型為開放空間，操場跑道拓寬，澆上寶藍色彈性樹脂。熟識的，徒剩幾株高聳椰木。她繞至後方圖書館，兩人首次見面之隅，落磚殘瓦的陰濕舊樓，今成一稜角分明的清水模建物，表層開翕大小氣孔。從落地窗透視館內藏書，她的腹，冷不防絞出餓的長音。智慧型大門深鎖，她用力搖晃把手，以身撞扉。建物不為所動，她揉了發疼的肩。

她往距圖書館不遠的花臺走，拍淨塵汙後，坐下。她從提袋裡拿出文具，提筆，欲塑畫情人之形，才發現三十年裡，所有細節，不同形象的他，濃糊成團。時間折凹了他的筆直背脊，拗彎了表情，最後的日子，他是歪垮半嘴，流淌滿身汙穢，縮在病床上過的。最後，她決定在本子上，畫那只融化了的耳，與旁側延伸的粉紅方跡。畫畢，她伸長雙臂，舉圖，凝望漂浮粉跡白紙上的耳。那斷裂的邊，似葉，若瞇眼濛視，葉面能融出汽靄，像一團剝落，舊血漸乾的胎盤。老情人衰敗之形，無聲地，黏附於側。

老情人死後，困惑她的，是前所未有的餓。

但她不再感受食物消化過程中分解出的甜，所有料理入口，成空，無臭無味。她懷念往昔，不忘於抽屜書包裡塞滿各式麵包，糕點。講師授課，她將書本立於桌面，低頭，用指尖，偷渡撕下的食屑。午飯鐘響，她拎筷竄梭，滯留於不同女學生堆，她孤伶伶地站在身旁，直視盒中物，等到女孩們蹭蹭肩，彼此交頭接耳決定邀她共食後，她才綻露笑靨。有人刻意躲著，選了離她較遠的斜對角位置進食，她不在意，隨香氣寂站後側。儘管等待的時間久了，討論的時間長了，也無謂。她從未使用黑板旁的蒸汽箱，她自備的餐盒，摟著，等午寐整點，女孩們紛紛墜入夢的邊際，才從書包裡抽出飯盒，悄悄進食。她在咀嚼與使用餐具時壓低聲響，她細細品嚐食物熟成發酵後的酸，像含著時間。

得空，她勤跑圖書館，把頭抵在髒灰鐵架，邊啃零嘴，低頭翻閱外借的連載小說。然某日，一隻手，強而有力，像只肥碩的鷹蹭過髮際，停在距離半尺高的架上。她轉身，入眼的，是炎夏短袖軍服露出的結壯臂彎，她的視線緩攀，上移至肩徽，最後逗留在那只融化的耳朵上。兩人首次見面，她沒關注他的臉，背光角度，大盤帽下方，是一團比老舊圖書館更冷更深的黑。他從書架上抽出一本原文書，燙金字體滾印不像英美人士的慣用姓名。

「這字怎麼唸？」她指了封面，問他，聲音輕輕甜甜。

「Kierkegaard。」那只融化的耳朵說。

她沒聽懂，再追問一遍。

「齊克果。作者的名字是，索倫．齊克果。」那只耳朵雀躍地說。這是他們第一次交談，他走遠後，她才想起忘記擦拭嘴角沾黏的食物碎屑。

她寫給老情人的第一封情書，夾在圖書館內的窄濕夾道。她知道他每週三下午第二節課後，會準時出現在館內藏書最僻，量最少的原文區。當她首次提筆，欲抒發感情時，才發覺腦中欲表之語離散於層層浮雲瘴霧。她揉了好幾張紙，最後決定拼貼齊克果書籍裡的字。她有一套分類學，將多本書同時攤平，用筆輕輕勾選，文中最常出現字，複寫後，回家翻查那本嶄新，未用過的英漢字典。

她在紅框信紙上排列組合，靈魂，神，愛，抑鬱，信仰這些抽象的詞。她把愛與熱情謄寫多遍。圖書館員離席時，她偷詢借閱紀錄。原來他的習慣，是從字母首 a 至字母尾 z，再依各作者出版年序借閱。她將她的第一封情書，藏在齊克果系列，架子由左至右數來第三本，《恐懼和戰慄》最末頁。相隔鏽架數排，她縮身等，口中嗑嗑嚙咬硬糖，獨露單眼，瞧他如期從架上抽取《恐懼和戰慄》。窗光灑在他側臉，她才端詳，他的面部線條冷峻，扁唇濃眉，右臉上，卻有道柔媚，磷閃粉紅潤澤的斜方印。此時糖塊碎在她的舌尖，融成夢的甜。

無法參與情人火祭，她提前幾個禮拜，每日晨起便往山腳的殯儀館報到。

雙親早逝，年幼即獨享遺產的她，未曾親視死亡。那日，她攜花，踏入灰濛大樓建物前的腳微顫。腦中浮現老情人生前提及，童年陪親戚至舊殯葬處領大體，那舊紙般髒黃的永恆畫面：荒爛陳破的草蓆，巨型冰陣擱在櫃檯帷帳後，狂舞斗大的蠅虫擁擠於空。他年幼矮小的視線，巧見一具具冰封的紫青屍首張口，閉眼。

她按電梯下樓，在停屍間前的長椅坐下。她不安地摟著花，玻璃紙在懷裡擠出聲響細碎，工作人員進出，自動門開闔時，透出停屍閣大小均一的銀櫃滿面。她將花束與卡片擺在長椅上，移動身子，才發現整座空間潔淨異常。轉角幾間凹房，各有家屬沉默進行法事，告別禮。有人擦擦眼角的淚，大家低頭致意。輕微啜泣，輕微助唸，一點點香的燃味，就是全部了。她左彎右拐，想找出怪誕處，只發現廁所裡，爬竄著為數眾多的蟲竹節。

每日，停屍間前，她手持念珠，頷抵十字，閉眼輕禱玫瑰經。如是數日，工作人員為之動容，主動攀談。她說了老情人的名字，他們說了老情人的編號，說到激動處她落淚，他們拍拍她的肩，交換了聯絡方式。翌日，她擴大活動圈，樓上廳堂占坪大，鮮花眾，亮黃透金的布幔妝點。有時過了用餐時間，她順手抓些祭餚藏在包包裡，一些柑橘，甜點。

她把自己鎖進遍布蟲竹節的女廁內進食。累了，頭枕在他們骨瘦竿脊上假寐，她彷彿聽聞斷枝輕折，心生安慰。食畢，她用指尖撣起一隻隻粽色細蟲，掐頭去尾。從蟲身折節處，散之，凹之，再書籤般，分頁插於口袋本玫瑰經內。

家屬休息區備有簡易茶鋪，小孩們打手遊，嬉鬧睡覺，大人們圍坐談天。她為自己買了冷飲，好熱的天，她沿遮雨步道走，最遠處火葬場，許多團隊各執旗幟，輸出照，仰首擦汗等候。她蜇伏於第一批人最後端，棺木擱於焚爐前，所有人跪地哀鳴：「火來了，快走啊。快走啊。」她膝蓋一軟，跌坐，哭得不能自已。旁人拍拍她的肩，細聲說：「圓滿了，圓滿了。」她才起身跌跌撞撞走入盥洗間。

將女廁大門反鎖，為平撫情緒，她在流離臺前攤開玫瑰經，默念。等天光漸落，她以一根根竹節當枝線，拼出老情人融化的耳。

如是反覆，她學會火化時的從容後，常湊在撿骨人群裡。壇中物勾起她的好奇，是粉質多？還是碎骨多？她猜。每人灶煉後的餘灰色澤不一，嫩白，暖紅，鵝黃，雪灰。想到老情人最後幾年服用大量藥物，她的腦中勾勒出一攤淡橙色的沙，像染了年幼感冒藥水的甜。她嚥了唾沫，感到極大的渴。

老情人煙逝當日，她獨坐校園花臺，對錶，準時將流程冥想一遍：她會穿上情人喜歡的白色寬口圓領杉，棉裙，獨坐親友席末排。大家輪流捻香，同棺木裡的他說些悄悄話。老情人的胸口會擺上紙人圓幣，一男一女，他的嘴如常歪斜。輪到她時，她俯身，最後一次親吻他胎盤般黏附的耳。老情人的妻，應如昔濃豔，血唇，黑眼線，雙層嫁接睫毛旁蘊染淡灰。在對方的凝視下，她會在封釘前別過頭，流滴眼淚。她不知道火化前，他的妻是否跪地哭喊：「火來了，快逃啊。」兒子是否哽咽。一切都不重要了，所有的情愛歲月將化為甕中，粉橘色的灰。

三十年來，老情人與她輾轉風格迥異的各式旅館。每每踏入裝潢奇特的房間，都有旅行的錯覺。羅馬圓柱，希臘浮雕，淡草香蓆薄紙門的日式隔間。年歲漸長，她卻獨鍾隱匿偏鄉，或城市衰微區內，白底紅字的老賓館。

房內，浮花膠盆讓她有逆時的幻視感。她享受肌膚摩挲劣質浴袍時的刺，或腳踩上裂磚間隙時的疼。她記得十八歲生日初夜的羞赧，與遮掩。她憎惡自己梨軟的臀，緊抓裙扣不放。兩人僵持許久，待老情人關燈，遮帘，閉眼，她才裸身溜進他的懷邊。

老情人以吻，輕印她緩升緩降的臀弧線。「好美。」他說。

她把自己縮成嬰兒狀的球。老情人俯身，以傷臉，沿著她的背脊線，緩緩平貼。

「有著瓶弧線條的妳，好美。」他說，他頸上的銀十字鍊，像整片冬季滑走在她的背。

她知唯有兩人廝守時，老情人才會戴這只銀十字鍊。他在家或學校，腕上總配著妻子買給他的紫檀佛珠。初夜，兩人側臥，她摟著情人，並將那只融了的耳朵含於嘴邊。老情人在她懷裡哭了，她起身，親吻他的睫，他的眼，還有那磷閃粉紅潤澤的斜方面。

情人稱她身軀淨白如紙，但無瑕日久，易顯單調。她剛滿四十那些年，兩人性頻率下跌。老情人求助配方，乳香，沒藥，蛇床子，西班牙金蒼蠅。她記得老情人首次拾起威爾剛時，受挫的眉。劑量日增，從四分之一，對半，至整顆藍鑽入腹，成效有限。隨後，兩人用化名找了朋友推薦的精神分析師做伴侶治療。她只記得當她獨自平躺那白潔的皮沙發時，雙手交疊，分析師詢問過許多關於夢與性的提問。她只覺沉，睡意如浪襲捲。

「他叫我歌爾戴莉雅。」她說：「齊克果半自傳日記體小說，《誘惑者日記》的女主角名。」

「他要我以書中男主角，尤安納斯叫他。不知道為何他鍾愛齊克果……可能都篤信基督吧。」她停頓些許，說：「我看過那本書，英譯版的，他要我從中學圖書館裡借閱。我把整本書的單字都查了一遍，卻仍不解其意。」她的眼皮有點沉，墜，她揉了揉眼繼續道：「那只是一名男子，企圖誘拐女孩時的心理獨白罷了。」

「妳覺得這本書，指涉了你們的關係？」分析師問。

「我不知道。」

「他還說了其他，關於齊克果的事？」

「他曾說，自己陷在倫理的泥淖中。」她想了一下。

「他指的，或許是齊克果的存在三階段：美學，倫理，宗教。美學階段是構成主體性的重要步驟。」分析師低頭沉吟，命她將眼神鎖在病例桌的搖擺鐘上。分析師緩緩解釋：「我們因憂鬱，痛苦，而感受與自身的疏離。而這距離，恰巧讓我們意識到主體性。於是我們探索夢，絕對的高潮，試圖瓦解時序。」

「我不了解。」她打了哈欠。

「談談你們的性愛。」

沉默。

「妳是一個受暗示性強烈的人。」分析師說完這句話，起身，轉開音響。室內緩緩流洩出微弱的德布西與蕭邦。「沉睡吧，我要妳如此。並訴說。」這是她最後一句聽到的話。

「我喜歡不同場域帶來的刺激感，但我們的性愛卻未曾改變，他喜歡做愛後，疲憊時，聞我的腳掌，說些難懂的，像齊克果的神學。有次，他趴在我的腹部，用指尖在肚皮畫圈，說想回到子宮裡……」她閉眼笑了。

桃花木桌上鐘擺敲出整點，分析師起身，禮貌握了她的手，她仍闔眼，將備好的現鈔，擺在桌邊。

夢遊般步出迴廊，她腦中仍盤旋那日，老情人的哀傷語調。她模擬他的聲音，對自己重述那些片段：「我感到前所未有的妒忌，在妻子孕產後。先前的她如此熾烈，像條貪欲的蛇，糾結在新婚的床。約是妻的妊娠期，我捧了許多醫學書苦讀，只盼理解孩子發展。第五週臍帶形成，第六週初聞心聲，緊接腦，手，耳至十八週性徵……」

「而隨所知增衍，妒忌亦然。十七週聽覺始，原來妻的心跳，消化道回聲，能如海豚藉皮膚波動傳遞，複寫於嬰兒記憶兩次。二十三週視覺現，孩子方視妻體內的光，影，體液，水。五月後更能以踢踹，反應妻的聲音，律動。而這一切，我被隔絕於外，我的聲音，心跳，所有影像記憶視覺。我偶爾央求妻，讓我將頭，貼在鼓起的肚皮，妻子不時撫肚，笑說：『孩子生氣了呢。』我只能將臉緊貼肚皮，維持微笑表情。不語。」

「分娩時，我堅持陪產，妻下體繁潤的瓣蕊，賁張鼓脹成紫瘀色的蛭，飽血粗肥的雙蛭緊貼洞口。嬰兒滑出時，胎身慘灰，些許糞物沾黏。妻產後血崩，所有醫護人員手忙腳亂搶救著，甫被拭去粘膜的兒，靜置於術臺，不哭不鬧地躺在純白絨毯裡，動也不動。妻血崩方止，兒才嚎啕大哭。『真乖，多體貼。他知道母親危急，不敢驚動大家呢。』醫護人員摟著兒，對妻子說。」

「而我，像一個局外人，愣站產房最邊。走出產房前，我望見病床上妻子虛弱，怨毒的眼神。返家後，妻獨擁兒，決意分房，回歸蛇體冰冷，並不再回應任何愛撫。我的身體自此失溫。直至妳的出現。」說完最後一字，她在陌生且漆黑的走廊長椅上，緩緩睜開了眼。

她依分析師建議，換了髮型，套上顏色較深的透膚褲襪。老情人歪頭，掙扎許久，才用剪刀在她私處小心地戳了孔。當她將兩只裹上深色襪的腿，擱在老情人的肩時，她感受到久違的挺熱。翌日，她前往舞蹈用品店，購買拉丁舞專用深膚膏。套上濃色褲襪後，她將胴體，臉，抹上相近顏色的膏，再臨摹出一張不一樣的顏。情人笑她第一次畫的妝拙劣，她勤學彩妝造型。打底，上膏，修容，眉毛原來要用削尖的筆，根根細畫。她實驗出獨門訣，眉頭用睫毛管尖抽絲勾勒，立體更顯。依不同旅館風格，做相異打扮，祕書護士學生空服員，老情人拴緊她的腰，在耳邊嘀咕她的名字：「歌爾戴莉雅。」

有時她用鼻腔多些，有時頭頂共鳴多些，最後她暗啞著嗓喊著情人的名字：尤安納斯。

每換上一張精雕細琢的臉，像靈魂附體，將她原有的平面性格多鑿深了些。她仍持續療程，只是她閉眼獨喃的時間長了，醒來的時間緩了。她在不同空間，恍惚地重複情人說過的話。逐漸，她像道從留白，暈染，至重墨的漸層，越趨濃烈。

不再滿意於單日寄宿的夜，她要他搜尋短期租借的空屋，並令他從家裡帶上私人物品，愛書，居家穿著，盥洗用品。她把物件仔細擺置於短期租房內，蓄意的溫馨。性事上，所求更甚，她在情人身上烙下不同印記，齒痕，紫瘀，指甲嵌，或久含他的腳趾手指，鼻翼乳尖不放。有時她會在老情人睡前飲用水裡，灑下春藥，唯有用下腹緊裹著老情人時，才能安穩入睡。

或她搗碎分析師開的處方，混在食物裡，讓老情人陷入沉沉的眠。「我的尤安納斯。」她撫著他霜白的髮，說。她在情人身上藏搜末處枝微，用舌尖來回舔拭他頸際的十字鍊，她剪去他少量體毛，指甲，睫，眉。以鼻，覆於情人張擴吐息的嘴前，狩獵每道從他體內嘆出的味。她起身翻找老情人衣褲內的各式垃圾，一些用過的衛生紙，菸草屑。她攤平一張張發票，仔細比對買物店址，並在本子上寫下老情人當日可能動線。

老情人返家的日子，她渴望獨占，而不能。情人的妻堅守婚姻，以死相絕。難產後的情感凍結時光，老情人提及離婚。某個寒流來襲的夜，妻閉窗門扉，點燃瓦斯，趁他晚眠時企圖攜子自殺。昏沉的他起身，從床上摸了打火機，想醒腦，點根菸。

她不知老情人的右耳，是否在那晚融成一彎肧胎枯葉。他不說，她不問。她當那整片緋紅，是老情人為她預支的罪。當思念逼近沸點，她盤髮戴帽，套上黑衣與同色褲裝，趁凌晨天色蟹青前，躡手躡腳，穿進老情人社區的髒物集中處。

不同於其他住戶，老情人家的棄物，慣用燙印精品百貨的塑袋盛裝，極易辨認。躲在電箱後，她換上手套，在微薄路燈底，檢視所有拋置品，廚餘，染垢褪色的衣，或衛生用品。她記下他妻子的經期，與兒子的自褻次數。她挑些喜歡的舊裳玩物，剩餘餐點。返家後，她坐餐桌前，換上他妻子的衣，畫上同樣濃豔的妝。另兩張餐椅上，分別推擺屬於老情人與他兒子的各式物件，用來擦拭體液的紙，斷髮，膚屑。她滿意地把腐餿的食物，放入口內。

若遇年節返鄉，或寒暑假家庭出遊，她趁夜攀上老情人的家。二樓公寓位置，不高，從緊鄰的圍牆，一躍，便可搭上沿樓開枝格升的粗管線。手抓窗緣，踩管線，亦步亦趨至後陽臺，再推開鏽鎖的木門。

運氣好的話，洗衣籃內留有數件忘記清洗的衣，她喜歡將所有待洗物，一股腦堆在地面，作穴。她蟲般鑽入，在氣味裡冬眠。或是將她的細小物件，深藏情人家的不同角落，她的紙甲，長髮絲，她將體液滑落在情人妻的漱口杯。她不忘從髒物收集處中，帶上幾隻已被黏牢的鼠，她用餐刀將黏著的四肢鋸斷，再將冒血的牲畜，藏在情人廚房的回收桶。

重逢後的約會，總有公式，老情人先遞上每日流水帳，詳細行程吃食，旅遊景點，與家人互動模式。她挑選具代表性的一天，如是複製。她換上妻子鮮花豔蕊，撞色大膽的衣，梳同款髮型，搽上相同的妝。若不能舊地重遊，她會精選品味相近的餐廳，點一道流水筆記出現過的食物。他對坐，兩人復述流水上的對語。重逢後的性，擺盪在暴力與瘋狂間，老情人排斥過，但一次，她往自己臉上潑了油，將打火機點燃，讓舌焰慢慢慢慢，逼近她的耳墜。

激情的對手，是不可逆的衰老與時間。老情人中風，休養數月後才能拄著拐杖與她會面。兩人挑了較遠，避人耳目的公園。她靜坐一旁，發現許久未曾在陽光下注視著他。她撫摸他嶙峋的手，撥整他稀疏的髮，唯一不變的，是耳。看他倚著拐杖，勉強將身子撐起，她攙扶情人臂膀，並在他的臉頰上輕吻後，目送他沒入餘暉。

這期間她家新添了許多雜物，情人用過的廁墊，髒巾，一堆不知名的藥袋，還有被他妻子丟棄的大量外文書與基督物件。

家中歷年拾物，逐步侵蝕她的走動空間。她決心整頓，首先，扔掉那附加的身分，主題扮演穿戴的裳，整綑捨不得丟棄的襪，假髮，與顏色太過濃豔的妝品。情人妻子的二手服中，她依季節，各選一套珍藏，其餘的，丟棄。孩子的相關物也一併清除。餘下所有，便是她和他的記憶了。

她將情人的各式毛髮，膚屑衣物，照年份日期分裝在紙箱裡，沿牆堆疊。家中待整的，尚有情人撰寫的流水帳，與她紀錄兩人事宜，相處細節，與回收棄物時的隨筆。

她買了一臺桌上型電腦，擺在新騰出來的空間。暗光下，一字一句在鍵盤上敲打，以數位格式存檔，當然，同樣依年月別類在不同資料夾裡。歸檔完，她企圖以書寫，架構式封存兩人的情感，她仍有初寫情書時的茫然：指尖遊蕩，漂浮鍵盤上，像忘卻要在琴身上按下何種音階。左思右想，最後決定以日記體呈現，她複製，貼上原有筆記內容，再依《誘惑者日記》，轉換男女視角，增添大量獨白。她翻開字典，在日記裡鑲嵌上最冷僻，筆畫最繁複的生字。回收完所有手稿，家裡回到難得的井然有序，卻像一副空蕩冷寂的胃。飢餓的她，用回憶填塞沒有他的時間。

老情人二度中風後，便像棵枯樹般，斜倒在安養院的床沿。那是妻兒精心挑選的，離他家需乘車十五至二十分鐘，一段適用作忙碌時不便探望藉口的完美距離。而她準時隔日現身安養院。穿上舊有棉質白衫，亞麻裙，拎著老情人喜歡的飯食，避開妻兒輪值的週末，她磊落地敞開房門，細心照料，對護士與鄰房病友大方談論兩人過往。她明白妻兒已知曉她的存在了，自她於情人公寓冬季被褥底，藏了一隻死鴿子的那天起。

「近三十年的感情啊。」她用紙巾拭去情人淌下的嘴涎時，瞥見他腕上，依舊纏繞妻的紫檀佛珠。她在昏暗的房裡哭了起來，熟識的護士會貼心地幫她掩上門。

難得的獨處時刻，她為情人帶上齊克果的書。她將書本擱在病床進食用的矮桌邊，她牽導情人枯瘦的指，依頁翻面。一日，閱讀至段落，他的眼角淌淚。

「自幼，我便習得絕對的臣服，擁有無所不能的大膽信仰，除了一件事，成為自由的鳥。僅一天也好，或斷除，以巨力箝制於我的抑鬱枷鎖。」她低身，在他耳旁輕唸。她摸摸他的耳朵。她決意完成他的遺願。

情人煙逝後的第九十天，像一年對摺，再對摺成四分之一缺。

她早起，趁晨霧未從城市散盡前，驅車入山，曲折細長的路，通往一座日式風格的寺。入口前，她下車，拎著布包，裙襬，踩著生了苔的石階，走至最頂的瞭望臺。看臺後，是兩層圓形浮屠，她從布包中取出備好的撬鎖工具。她在破門前，先默念玫瑰經一遍，她打開轉角最下層的木櫃，上頭黏附著，她買通情人親友所註的玻璃印記。她將甕中焚物，淡橙色的，倒扣進一嶄新的瓷瓶內。

返家後，她決定受洗，並屬意將撰寫的書取名作「歌爾戴莉亞的日記」。本無宗教信仰的她，如今佩上從棄物堆尋回的，老情人的銀十字鍊，並渴望西方電影千人浴河的壯麗場面。查詢資料後，得知少有市立泳池的集體受洗，最後，她決心在城中，最大公園旁的教會，單人受洗。

高額奉獻後，主導神父幫她在集會堂正前方，擺了一樽長形薄藍透明櫃，裡頭注水。她更衣，戴帽後，兩手伸直，各置藍缸雙側。身著白衣的神父將她緩緩仰倒水面時，她的身體卻開始瘋狂抽搐。一旁的助手們，紛紛卸下手中浴巾，上前，大力箝壓住她的肩。當她的嘴開始不斷嘔出穢物時，主導神父手持方巾，蒙住她的臉，最後將她狂顫的腦勺，壓入水面。

想起齊克果說的宗教階段：信仰的瞬間，主體將重返個體。她知道自己必須忍耐。唯有成為基督使徒後，她才能一匙一匙地，將摯愛的情人，永存於腹腔裡的神聖空間。

次女子殘害體系

新生開課當日，母親早早囑我起床。我半睜雙眼，疲憊地坐在光線朦曖的餐桌前。母親難得下廚，托盤依序擺盛蘸醬切邊土司，橙汁，與昨夜趕製的豆乳。右上角，兩撮鐵捲容器各攀一只蛻了殼的蛋。喝完果汁，我用指尖挑起滑溜的圓，入口輕囓，鮮黃汁液淤擠齒間。

小時每逢生病，節慶日或母親愉悅情緒，她為我煮半熟水煮蛋。帶腥蛋液藏匿於完好成熟的白殼底。我邊嚐，邊想口中的濃，一如鮮血。這點子令我亢奮，倦意被趕得老遠。用餐後我拒絕刷牙，漱口。母親不解。我喜愛嘴裡含著餘味，沿途哼歌上下學。

母親卸下圍裙，在我身旁坐下。她說中學前那條馬路，當年可是條水圳呢，垂柳依依，兩旁散落獨棟日式木造屋，花木扶疏，哪裡開著冰店，哪裡是國際學舍，記憶猶新。我咬下第二只圓，靜靜吸吮蛋汁。

「當然，印象最深的，可是那件事。」母親說：「當年多大的新聞。」

「水圳裡，以前漂著一具女屍呢。」她說。

我詫異抬頭，母親背對窗外晨光。她濛了暗影的臉，唇尾吊起，從喉頭抖出奇異的銀鈴笑聲。我沉默進食，日光逐漸膨脹，撞上過高的櫥櫃，擺設，與牆角弧形壁燈。我拿餐布抹嘴，最後道：「這樣啊。」便拎起斜背式書包。我抬頭望母親，年近半百，短髮的她，此刻在黑與光的臨界，橫七豎八的影掛在臉上，像垂兩條青絲辮。暗黑稀釋了臉部細紋，她看起來少女般年輕。

走到學校，只需三分鐘。過了馬路斜角，穿過幾棟隔著洗石牆的高樓住宅，洗石牆黏生斑斑點點，巨型蝸牛卵般的深褐圓。定睛細探，才會發現那是一顆顆被男孩們用粗吸管噴射，卡進石縫，被陽光炙乾的木薯球。洗石牆接連一座禮拜教堂，教堂捱著幾門兩層樓式露天海鮮店。

早晨，店員們拉下鐵門，收起垂掛的彩色燈飾，折疊桌，矮凳。走道上的磚，仍滲著日夜積累，難以刷去的血。行過此處，得暫停呼吸，低頭快走，以免空中成群旋舞的黑小蠅蟲竄入體內。

我對中學生活並無期待。我想，可能源自漫漫長夏，生理改變造成的不適應。小學時，總會有人捏捏我的胖臉，或搔搔我的長鬈髮末，說：「好標緻的小女孩啊。」

我暗自竊喜。等母親憋忍許久，脫口說：「這是我兒子呢。」我才扭著身子跑開。母親替我辯解：「他怕生哪，鬧彆扭了。」

夏天拉長了我的臉，抽高了身軀，瘦出腰際。我的喉嚨像被栓子半塞，再也無法唱出女歌手的中高音。頭髮順應中學髮禁，剃成不長不短的的尷尬高度。原有的自然鬈，被平剪成無數毛躁。更令人心煩的，是臉上浮油與大量膿點。整個夏天，不再有人摸摸我的頭，對我說些好聽話，我索性把自己關在房間裡，吹冷氣，聽音樂，掰指頭倒數將臨的開學日。

行過早晨歇業的露天海鮮店這當下，我的思緒卻起了變化，想起母親在早餐時說的。我想像兩個交疊的圓，內裡，一頭軟爛漫舞的髮，外圈，裙裾滿盈充水，擴散，遠看如單支春花慢落，真美。女孩的眼窪或許早被魚蟹啄食，徒剩兩口灌了水的孔，皮膚皺起泡水過久的纖纖樹紋。

行走舊磚步道，瀝青地，腳底小石子磕磕碰碰，像踩在女孩屍骨上壓折出的細碎，我用舌尖舔刮齒間殘存蛋汁，入校門前，忽覺，或許中學生活，仍值得期待。

學校編制龐大，連教職員近四千。各年級尾數班為特殊教育班。我的班級在前段，中學左側建築一樓，窗外是栽了幾苗樹的乾土庭園。特教班學生因行動考量被安排於同面樓層，他們擁有相似長相，細眼白肌，嘟噥圓臉，上下身同比例的軀。在廁所打了照面，洗完手照鏡子，我總欽羨他們不分性別年紀的模樣。他們白臉上絲毫未染難看的紅綠膿點。當他們手牽手行走校園內，或在花臺上擁抱彼此，其他班級導師們會從不同窗子探出頭，說：「相親相愛的，真好。」

開學沒幾日，不難發現，同學們膠著在急欲融入群體的浮躁情緒。大家分門別類圈劃，各種屬性，類別，以利自我投射。頭幾日我們填寫了許多表單：性向測驗，智力測驗結果貼在公布欄上，如是分出資優的，中等的，低劣的。家庭成員表，自我介紹填寫完後彼此傳閱，如是由學區為準點，分為居處市中的與跨區就讀的。少數人填了較遠地址，班上同學們耳語連連：「通勤很辛苦呢。」父母職業仍屬分類學。有位男同學在父親職業欄寫下，公車司機。大家用哀憐神情望他一整天。我在紙上寫下：父親，服裝設計師。母親，室內設計師。我被選為學藝股長，而班上相貌最精緻，家世最好的女孩，薔薇，則被老師派為班長。

各係數需互相參照，歸類才更為準確，低劣者，若居市中，相貌出眾，其平均分數，不一定就比那些聰明但跨區就讀又父母收入較少者差。我們每日上學，便在心裡滴滴答答敲著算器，彼此交談不著邊際的話，輕輕試探對方是否有結隊意願。

其實，我父母早已離異。只是填表時，兩人名字並寫著，便錯覺了他們仍心手相連，忘記在欄位上勾選單親。父親曾任服裝設計，沒多久便被降為倉儲員。母親近來執筆室內設計，卻總歸業餘。

在班上，我與碗，玉米，癲，三名女同學逐漸熟絡。我心底暗稱我們為次女子，三個未熟成的女人，一個女性化男子。我們共生，徘徊於薔薇代表的主流價值邊緣。

碗，玉米，癲穿與薔薇無異的暗棗色外套，淺粉紅制服衫。不同處，是三人一律偷渡了顏色鮮豔的胸衣，套上違反校規訂製的窄管喇叭褲。喇叭寬口越大，叛逆分子越高。碗的褲口寬在三人裡最囂張。

我則穿上與一般男學生同款的深藍色外套，淺藍衫。但我總覺自己更適合介於暗棗與深藍間的選項，若能換上紫色外罩，薰衣草衫，妖妖豔豔的，透著神祕氛圍，多好。

碗的體型豐滿，戴著紅色粗框鏡，蛋臉圓肩碩臀，頸項粗肥。我們笑她碗公，她不生氣，嘴一撇，兩手橫叉胸前，罵我們蠢。有時興起，我對男生們說：「你們看，她的頭，像不像生殖器頂端。」男生們易被挑弄，笑成左翻右滾的浪。碗不動怒，她推推眼鏡，悠慢慢地，罵我們無聊。只是幾分鐘後，她會私下對我使眼色微笑。我知道，她內心相當歡喜能得男孩注意的。

玉米也如是渴望，她的頭髮直順，中分，瀑布般洩下。她反覆聽一張東洋專輯《甜蜜十九歲藍調》。穿裙子的季節，玉米會換上及膝高筒白襪，並在頭頂夾些粉紅晶鑽髮飾，極富少女味。可惜她的臉爛得比我還厲害，一堆紅通通的坑疤。她總嚷嚷想早些入高中，挑一間無髮禁學校要緊，她想把頭髮染成甜蜜十九歲女主唱的棕金色。她是班上唯一抹了香水的女孩。

玉米口臭奇烈，滿口爛牙。一張嘴全數是半透明琺瑯質灰，齦端暴出深橘深紅血線。跟她聊天，我會隔段距離，而她又與我緣分最深，還是補習班同學。

她喜歡補習班裡最帥的男孩。大膽告白後，對方拒絕，大家對她冷嘲熱諷。有回，同學在她桌上放了一團被鉛筆戳得稀爛，餡泥四濺的紅豆麵包，當玉米回座，大家朝她喊：「玉米玉米，玉米的臉，爛在桌上了。」那時，我默不做聲。

在補習班我有自己的交友圈，我們談論西洋音樂，玉米聽她的甜蜜十九歲藍調，井水不犯河水。她在補習班獨來獨往，還好她並不在意我是否義氣。她只煩惱如何博得男生歡心：為穿戴哪款顏色最顯的內衣猶豫，模仿男孩粗魯語氣，並思索如何借機讓人嬉鬧她的身體。

癲，相對地對異性沒多大興致。她皮膚白皙，清秀，卻不特別。我們幫她取的有趣綽號，大概是她唯一令人有記憶的地方。癲的名字尾音，恬。碗說每次掛電話給癲，都是她奶奶接。奶奶操著濃濃四川口音，朝話筒另一側喊：「癲……癲……」尾音拖得老長，尖銳如哀號。碗總將手掌蓋住話筒以防笑聲漏餡。

我跟癲音樂品味相似，西洋專精。自從推薦密希艾略特第二張地下饒舌專輯《真實世界》主打〈她是條母狗〉給癲後，她活得可精采了。丟開窄管喇叭褲，癲重新訂製一條低腰垮褲。她開始學滑板，聽吐派克，武當派等地下饒舌音樂。她在鼻翼右上打了洞，紮上一顆晶亮切割的玻璃圓，等適應得差不多，她每週忍痛朝洞口逐步塞入象牙錐尖似的擴大器。她想最後能在鼻洞插下剪斷的吸管，覺得這樣才美式。

癲盼著早些入高中，她想頂一頭逆天的黑人鬈。

在班上我們四人的交際模式圍繞著碗。次女子能湊夥，彷彿有著共同公約數，那交集，便是碗。

學校時興交換日記，傳紙條。我們四人卻從未共有一本日誌。我，玉米與癲，分別寫著與碗的交換本。裡頭分享體己事，當然，大多談論班上同學。有次，我在本子上寫「我好像喜歡上我的補習班同學，他是男生。」碗看了，走到我面前，將簿子擱桌上，推推她的紅眼鏡，聳肩說這沒什麼。我攤開本子，碗回寫，她有男友，校外人士，足足長我們十歲。

碗挺義氣，我喜歡的男生，教室在三樓。每週一兩天，較長的第二節下課，碗陪我上樓，她打頭陣在走廊閒晃，看那男生是否剛好在班級外與朋友聊天。他很顯眼，渾身透著時下流行的香港黑幫味，長過眉梢的髮有仔細挑染後的金。他膚黑低音，五官深邃，身高卻成破綻，比我還矮了幾公分。

碗一旦發現那男生行跡，便快步走回樓梯轉角，對我使眼神。我若無其事登場，佯裝冷淡與他交談。上課鈴響前，我跟碗急速逃離現場。我緊拉她的袖口，兩人按著肚子狂笑衝回教室。課堂上，我將書本攤成人字形直豎桌面，把先前對話一字不漏抄在本子上。隨後，碗用紅筆加註解，她會在談話中圈起所有曖昧字眼，那些可能超越純友誼的指涉，隱喻。我們一來一往地琢磨，反覆推敲所有可能。我總覺相較於玉米和癲，我與碗最親。

每個月，總有無可避免地被孤立的時刻。碗，玉米，癲同時身體不適。她們雙手環腹，蹙眉，將惱怒寫在臉上。體育課老師總是點了名藉故離席。男孩女孩在籃球場較量時。我們四人無語，蹲坐樹蔭底。

癲從口袋裡拿出唱碟，塞入耳機，按下播放鍵。玉米隨口哼著拿手曲〈你能為我慶祝嗎？〉，我跟碗總難相信她的嗓音如此軟柔。通常玉米的狀況最慘，有時疼起來，她會躲在窗臺下空地，外套墊底，平躺假寐。有時碗陪她到保健室休息。不過我想，這是手段。當玉米攙著碗肉肉的臂彎，拖著腳步離去前，她會回頭望著我跟癲，露出意味深長的笑。

學期結束前，舉辦第一次家長座談會。當天補習班放課，尚未轉進自家巷口，便聞後方傳來陣陣鞋跟擊地聲響。我回頭，是母親。她難得踩高跟尖頭鞋，衣著卻一貫中性：秋香絲質衫，緞面深褐褲，腋下夾著垂著金鍊的鱷魚皮包。母親將幾張講單捏在手裡，來回朝胸口搧動。她叫住我，汗涔涔地一臉蒼白。路燈打深了她的細紋，乍看老了十歲。

「其他家長把你們講得真難聽。」進門時，母親在玄關拔下折騰高跟時說。

「班上同學把你們歸類為來自不幸家庭的孩子。」她續言。我火了，將書包甩在地上，母親瞧我一眼，換上拖鞋，獨自走進更衣間。我緊隨在後。

父母離異之事，我跟碗提過。我苦惱地將手指伸入頂上分岔的雜毛圈，指尖狠搔頭皮。母親隔門說，會後，她跟女孩們的家長打了照面，碗的父親無趣，玉米的母親好悍，癲的阿姨打扮光鮮……母親說了好多，但我在意的，仍是碗的背叛。當晚，在床上，我一夜無眠。

碗發誓，她絕對沒跟外人提過我的事，我質疑：「外人是誰？」她頓了一下，支吾道：「我只有在交換筆記裡，跟玉米和癲說。」

「那妳怎麼沒跟我提過她們的事？」我問：「妳自己的家庭背景呢？說啊。」

碗推推她的粗框紅眼鏡說：「我們的話題永遠繞著你喜歡的人。」

我啞口，兩人一陣沉默。碗別過頭，眼底好似泛著淚。我想辯解些什麼。但碗背聳聳肩，說：「算了。」

「我們四人當面對質。」她提議。

體育課點名後，我們聚在班前庭院死角，一個擠滿廢桌椅的地方。

「我們之中有叛徒。」我說。她們分別搖頭，舉出各式證明。我們僵持不下，表情冷硬，卻不時可笑地踢腿，抖腳，以驅趕蚊蚋。我要她們發毒誓，並且對她們講述那圳中女屍，加油添醋細節嚇唬她們。

「才不是那樣。」癲擺擺頭，說：「我奶奶提過那事，女孩是被截肢的。屍塊被棉被，草蓆，布幔重重捆包後滯流圳邊，才被人撈起，哪來什麼漂流的長髮裙襬。」

「而且屍體發現處，是馬路另一處的大學城。」癲說。玉米掩耳，碗保持鎮定，我感到前所未有的失落。碗瞧我久未言語，清清喉嚨說：「好，我們來交換祕密，以後發現誰背叛，我們就公布。」

癲說：「要換最不為人知的。」我們互使眼色，點頭，用數隻決定順序。

「我可能有戀兄情結。」癲先說：「在我小學時長我十歲的哥哥意外身亡，他對我好好，像侍奉公主一樣。我至今皮夾裡還放著他的高中畢業照，好帥。我想交個像哥哥一樣的男友。可惜，他死後，我只遇到一群無聊男生。」

輪到玉米時，她猶豫好久才吞吐說：「我會自慰。」

碗說：「健康教育說女生也會，只是比例問題。」玉米猛搖頭，頭髮在她臉龐甩啊甩的。「不是用手呢。」玉米小聲說。

「洗澡時用水柱沖？」癲問。

玉米仍搖頭，我們好奇極了，扯著玉米的制服袖，要她講詳細。

「你們不能說喔，發誓。」玉米好不容易扯開嗓音：「趁家裡沒人時，我會把吸塵器毛刷接頭拆下，換成扁管形。」

我跟她們敘述了喜歡的男生，大家不置可否，碗尷尬低頭整理衣裙，我想，碗肯定把這事寫進了別本日記。我說：「既然玉米都這麼露骨了，我也分享一個。」

我同她們描述，有時放學後我會獨自潛入廁所，搜集遺留在白瓷斗上的私處體毛。我用指尖捏起，一根根攤平在衛生紙上，隨意揉成球，裝進制服口袋。回家後再放入夾鏈袋，塞進抽屜。

某天，廁所裡，兩名特教班男孩擠在後邊。一大一小的暗影蠕動，小個直立尿斗前，褲褪踝際，露出整片雪白下身，兩片巨大圓臀規律晃動，大個站後，右掌往小個屁股烙上一記又一記紅印。他們仍無視我的存在，小個雙手圈環成筒，低頭來回套弄私處，大個持續掌摑小個的臀，隨後，小個一顫，愉悅尖叫，身體墜地。此時大個回頭睇眼，拖垂口涎直衝我笑。

「那天起，我才學會自慰。」我說：「以前我以為只要手指搔弄囊袋，酥酥癢癢的，就是自慰。」

我並將手指圈成一個圓，在空中來回抽動。玉米笑得流淚。

「妳呢？」癲撇頭問碗。

「我不是處女了。」碗試圖梳整她的粉紅制服衫，她搔了搔鼻，推了眼鏡說：「我跟我男朋友，幾個月前，做了。」

我們驚呼。

「聽說用手指跟真槍實彈比，差很多呢。」玉米嘆。

「高潮是怎樣一回事？」癲撫著下巴道。

碗隔了好久才說：「像撞見彩虹。」我們爆出一陣怪笑。

「我還想知道，班上是誰在毀謗我們。」我說。

「我們趁下次體育課空檔溜回教室，看大家藏在書桌底的紙條，筆記。」碗說。

「離開教室前，最後離開的人負責鎖窗，前後大門由薔薇上鎖，我們可在下課時留扇窗，然後翻進去。」癲覆議。玉米沒膽，左顧右盼。

「好，就這樣決定。」我說。

當夜睡前，平躺床上，我想，她們當我是同性戀了。符合某種期待：姿態扭捏，總跟女生膩一塊的男孩，應當是同性戀。說謊了嗎？我不知道，我是真心喜歡那名補習班男生。當他坐在身旁時，我有生理反應，但我對女孩也有反應，心理的。我在廁所搜集男孩私處體毛一事，是根據其他經驗杜撰而出的。扭曲幾個線索的故事，稱得上謊言嗎？我不知道。

我沒跟任何人提過，其實我心儀班上那位最標緻的女孩，薔薇。淡玉膏澤的白，鎮日緊鎖眉頭，像時時怨著什麼。我深信，她對自己的美貌有自覺，而她厭惡美貌帶給她的一切。隔壁班男孩們在窗口的刻意徘徊，口哨，鄰近女同學的嘲諷，或男導師指定她為班長的特殊待遇。

每天薔薇到校第一件事，便是把抽屜裡塞滿的紙條情書全數掏出，一一撕爛後扔進回收箱。她穿最保守的白色或膚色胸衣，不到暑假前，絕不脫掉外套。班上男生靠近她時，她會咬緊牙根發出鄙視的鼻音。可能因為我的女孩氣，她對我特別友善。她也喜歡西洋音樂：韓氏兄弟，我調侃她好怪，喜歡留長髮的瘦弱男孩。薔薇望著我笑，臉紅。

我想這是喜歡了。學校男生不敢欺負我，我想多少與薔薇有關。

體育課時，我並非總與碗、玉米、癲混在一塊。有時她們三人嘰嘰喳喳交頭接耳，我也無心參與，我的眼神緊隨薔薇，當她拉著好友遠去，我便伺機在後。薔薇慣用廁所邊間。當她與好友重回操場，我閃進薔薇待過的門，上鎖。

女廁壁磚地砌全是柔和顏色，花花粉粉，淺灰盆黑線口的垃圾桶裡，最上層躺著一條用瑩藍透膠黏牢，細心滾包成粗煙捲的棉。我用指尖摳開膠封，棉條像古畫軸般伸展而下。

厚墊白雲上，染莓漿深淺。我雙手小心翼翼捧著棉，湊鼻尖，吸聞殘餘的鮮。紛亂心緒沉澱至真空狀，無聲，無憂，無悲，無喜。我閉眼。任身體隨室內氣流擺動，細察塵絮飄落肌膚時的感觸。最後我用鼻尖貪吸幾口氣息，循原先包藏方式捲成菸管狀。我抽幾張乾淨衛生紙，珍貴包覆放入口袋。回家後，再將其放進夾鏈袋，塞入抽屜，如是每月。

我喜歡血，其味令人心安。小時易流鼻血，一個簡單的摳，挖，碰觸，血如龍頭般奔流。有時深夜一個噴嚏即足以瀑血床沿。母親開車載我急診，做檢查，她說我凝血因子不足，血液凝固較常人慢。

流鼻血時，是與母親貼近的寶貴時刻。她好忙，挑燈徹夜趕圖。當我出血時。她會停下工作，幫我用乾毛巾，溫柔按壓鼻翼。她一再交代，泛血時，頭千萬不能後仰，血液容易逆流。

我總趁她不注意時抬頭，血液逐漸瘀聚喉頭，聚成鮮鮮滿滿的期盼。我喜歡在母親面前咳出長長血絲。暗紅血塊在手上爬成蚯蚓般扭曲。母親把我的頭枕在她柔軟溫熱的胸脯上。徹夜，我的鼻孔塞滿衛生紙，熟睡。那時母親好年輕，短髮，略帶男性舉止的外表，卻總敷上一層奶粉香。我越大，母親徹夜工時越長。我在房裡翻來覆去，可惜，自小學畢業那天起，不管我如何揍捏自己，我的鼻腔再未滴下一滴血。

聚會後第一堂體育課，我們四人顯得格外亢奮。為保謹慎，我們刻意迴避彼此。像電影中諜報特工，我們僅只偶爾交換目光。體育課點完名，我們一溜煙衝回班上，癲率先拉開預留好的自由窗，撩起褲管俐落翻入室內，我與碗有樣學樣。玉米膽小，癲挪了一張椅子置窗下，玉米才抖手抖腳地爬進來。

課室裡迴盪著遠方的誦課聲與操場喧擾。我們一人挑一排，由前至後，依序掏翻書包夾層抽屜間，男孩們的書包極髒。一摸，會有不明黏黑，或餅乾屑。他們的私人物品無趣，無非是遊戲卡，動漫，色情畫報，或多功能瑞士剪。紙條內容千篇一律，一些簡單時間，地點。哪時哪天，何處見。可能是群毆恐嚇，可能是哥們單純聚會。

女孩們的書包與紙條，精采得多。各式精美小物，偶像明星收藏，言情小說，奇形怪狀顏色各異的飾品項鍊。我們轉開一支支護唇膏，嗅聞濃淡不一的香，試用她們的保養液。女孩們的日記仔細，心情流動，場域細節，各式猜臆心眼逐一紀錄。男孩與女孩的交換日記最奇特，兩人各演清新角色，在紙上欲拒還迎，但字裡行間，多少親吻，多少擁抱，多少進出深淺，都能被我們破解。

「原來班上這麼多對。」玉米沒好氣地說。

「平常裝著沒事樣，繃著臉，還以為他們討厭彼此。」癲說。碗看得津津有味，當她的手伸進薔薇的抽屜時，我大聲制止了。

「薔薇好有戒心的。時常檢查誰動過了她的東西沒。」我說。

從此，除了我們四人的書包抽屜外，唯獨薔薇逃過一劫。我們完守她，最標緻女孩的不可侵犯性，與班長的權威。我們始終沒查出真相，但仍樂此不彼地每週進行四人活動，討論那些被制服遮掩的祕密。

祕密活動開始沒多久，我們擁有了第一本共同筆記。四人輪流撰寫，一人一天。為免外洩，我們加密所有重要詞彙，編纂自己的語言。首先，重要人名一律代號處理，像我喜歡的補習班男生名LG，little gangster。玉米喜歡的男生叫LH，little handsome。碗的男友我們共稱LO，little old。男生通用指小詞做開頭，是我們的約定俗成。討論班上討厭的女生，簡易得多，套用一些母狗，爛貨等詞就行。動詞令人傷腦筋，尤其涉及限制級詞彙。

我找出解決之道，拿英文辭典，由最粗鄙單字搜尋拉丁字根或書面語，最後去掉所有母音，便成日記密碼。談口交，我們把fellatio去母音化，簡寫fllt。自慰同理用mstrbtn代替masturbation。

「想著LG mastrbtn」即是四人交換日記裡我常寫的玩笑。

玉米英文程度差，讀完日記還要打電話詢問作者原意。我們各自夾了一張簡寫表，人名代號在皮夾裡，玉米也懶得查。日記拖拖延延，久了，許多消息，情緒過了熱度，我們也懶於回覆。弔詭的是，我們仍各自寫著與碗的交換筆記。我跟碗的筆記，沿用了這套符號系統。

自從碗埋怨過我的自私，我花了相當時間聽她傾訴與LO的感情，他們的爭吵，或甜蜜點滴。有時遇到兩人冷戰，碗會粗紅臉，朝我桌上扔封信，那是LO寫給我的，請我在學校裡多關照碗。兩人吵架時，我當和事佬，邊寫與碗的交換筆記，邊回LO的信。

我仍對碗分享我與LG的補習班生活。有時他會惡作劇地抱起我，有時週末補課午休時，他坐我身旁午睡。我們聽同張唱碟裡的歌，兩人趴著，我時不時換姿勢半遮眼睛看他打鼾的臉。

一日，補習班朋友相約唱歌，包廂燈光昏暗，LG照例坐我身旁，朋友們將麥克風的紅藍罩子撕成花瓣狀，聲嘶力竭地朝花蕊吶喊，低頭搖擺。LG俯身，雙手環腹，我以為他鬧肚子，他卻將手放在我的下腹部。我反應劇烈，LG絲毫沒放手之意，緊抓著。他將外套蓋在我腿上遮掩。朋友投以狐疑眼光，我說：「他肚子不舒服，靠著休息。」

我的手，也順勢滑至他的雙腿間。沒人瞧見布幔下，兩條交纏的魚，難分難解。

唱歌結束，朋友們就地解散，我與LG站在吵雜的街，沒有打算回家。「去看漫畫吧。」我提議。我們找了間漫畫出租店，以本計費不限時間，若想擁有私人空間，包廂單人一小時六十元。白色塑膠拉門間隔的窄幅榻榻米室，矮桌擺有單座檯燈。我們脫了鞋，伸長腿，肩並肩，四周散落我們分別借閱的書。頭幾分鐘我們煞有其事地翻著漫畫。不一會，LG便又將手，放置我的下腹部。

當我褪下LG的褲子後，他原有的煞氣全消。他歪身扭捏，轉動腰肢，雙手緊掩私處。我扳開他的手時，難掩失落神情。半根旋出的口紅長粗陽具隱沒濃密體毛間。LG蜷縮背脊。我扳直他的身軀，壓坐在他小腿上。我用右手阻擋他試圖反抗的上身，左手套弄他的私處。

我把頭沉了下去，口腔蔓延開的，是一股極難受的味，混合了酸餿果類與腐爛肉塊的噁心。我的腹腔翻滾酸水。

碗在筆記上大肆嘲諷我的不幸，並仔細描繪她與LO的肉體如何契合。旅館雙人扁舟，泛濫成災。LO也請碗轉交好多封信給我，信裡全是LO對碗肉體的濃烈依戀。

沒幾日，班上男同學們對我的態度越趨曖昧。我走過他們座位時會被掐屁股，吹口哨，有人甚至在我面前撫摸下體。

「你得提心碗，她好像在傳你的事。」薔薇下課時走到我桌邊，小聲說。我對她質疑我與碗的友情感到不滿。

「關妳屁事。」我朝薔薇吼，這是我第一次對她動怒。她抽抽搭搭地哭了。大家不解地看著我們，薔薇是日下午提早返家，請了半天假。

隔幾日，母親被學校約談。我在家，心裡七上八下，想肯定因為欺負薔薇的事惹老師生氣了。課後輔導，愛校服務，記過？我不敢想。母親拖著長長的影子飄進門，囑我到餐廳談話。我站在母親身前，影子背光壓在她的臉上黑壓一片。

「終究出事了。」她嘆氣。

「我不該對薔薇壞口氣的。」我說。母親不解。

「碗的父親發現了好幾本日誌，逼她全數翻譯。碗招供了你們偷看同學日記的事。」母親說。

「所以。碗跟男友的事，被她父親發現了？」我試圖壓抑自己顫抖的聲音。

「哪來的男友？」母親提高嗓音。

「全是編的。」她說。我眼前頓時一片漆黑。

母親要我將碗的紙條，與LO的交換信箋全數攤出。她在餐桌上翻閱，左右比對。

「這全是同一個人的字跡啊。她男友的信，只是將原有字體放大，再草寫。你瞧，連簽名筆觸都一樣。」母親圈了幾條撇捺橫豎要我看。

「你被騙了。」說畢，母親突然發出銀鈴笑聲，暗黑複疊的角度，好似她頭上又探出兩條青絲辮，此時她的臉恍如少女。

隔日碗缺了席，據說被父親禁足。當我一進門，同學用眼神淩遲我的臉。我低頭摸回座位。唯一對我嬉皮笑臉的，是玉米。癲面色凝重，似乎察覺了班上詭異氣氛。我在課堂上寫了紙條，朝她們座位扔。「UGC OS」urgency，old space，下課後緊急動員，老地方見。

庭院死角處的桌椅，好像更朽更腐，腐爛樹葉的味道也更濃烈，唯一不變的是成群蚊蚋。我們揮手抖腳。我的左臂上濺了一圈紅，我用手指沾，抹於舌尖，味道溫熱新鮮。

「碗出賣我們。」我說：「她虛擬男友騙取我們的祕密。」

「那時家裡的事，就是她洩的密？」癲問。我聳著肩。

「全班都知道我自慰了？」玉米追問。

「我們成了公敵。」我說。

我把昨晚想的解決之道，偷渡進玉米與癲耳裡。她們滿意點頭。

當天下課，我拍拍薔薇的肩，示意她走廊上見。薔薇緊鎖眉頭，用力將椅子摔回座位，不情願地跟在我身後。面對面時，她低頭避開我的眼。粉色的細小血管爬在她薄而白皙的肌底，真美。她身上散著一股初夏茉莉的清爽味。我還未說話，眼淚便已灑下。薔薇急忙掏出口袋裡的手帕，遞給我。

「之前的事，我非常抱歉。」我邊啜泣，邊用沾了薔薇體香的貼身物品抹去淚水。

「沒關係。」她聲音輕輕的。

「碗把我們騙得好慘。」我近乎哀嚎了。薔薇體恤地拍拍我的肩。

「我待你們一如往昔。」薔薇說。

「有件事，妳有權知道。」我說。薔薇疑惑看著我。

「碗偷翻妳私人用品，她好變態的，跟妳到廁所，偷妳使用過的衛生墊，轉賣給班上男生。」我說。是時候用謊言還擊謊言了。

「這是從她書包裡搜出的。」我從口袋掏出夾鏈袋。薔薇的臉，紅成即將凋謝的血，她全身顫抖，大叫，我伸手摀她的嘴。

「沒事，我想出辦法了。」我將她摟入懷裡，在她耳畔說。

碗復學後，我，玉米，癲一如往昔地與她聊天玩鬧。只是我們不再互傳紙條，寫交換日記了。

體育課，玉米仍舊勾著碗的手，要碗陪著去保健室。玉米臨走前，對我們曖昧地笑。自我們偷看日記一事曝光後，所有門窗嚴格管制。只是這次我們不用翻窗了。我與癲，挽著薔薇的手，若無其事走回教室。薔薇用班長專屬的鑰匙開門。

這次目標是蒸飯箱。我們打開飯箱，依綁帶顏色找出碗的飯盒。掀開盒蓋，我們分別為她添菜。我們用掃帚收集地上汙屑，男廁白瓷斗緣的髒黃尿垢，粉筆灰。蓋上飯盒前，輪流在上方拍撣鞋底，最後用飯匙攪拌均勻，物歸原位。癲買的惡作劇粉，無臭無味，攪進碗的水壺中。產品介紹寫使用後會排氣，腹瀉。我們開心地鎖門，跑回球場，與同學們捉對廝殺。

當天下午碗的表情死灰，她痛苦地趴在桌上，嘴唇發白乾裂。寂靜的自習時間，只有碗無法抑止的排氣聲，響徹教室。

「媽的，臭死了。」癲大叫。我，玉米，薔薇強忍笑意，狂抖著肩。班上同學轉向碗，露出嫌惡表情。放學後照計畫，我，玉米，癲，薔薇每人一天負責打電話叫外賣。十人份比薩。十人份麥當勞套餐。十人份綜合壽司。地址是碗的家。

我請母親私下召集開第二次家長會。我，玉米，癲聲淚俱下，口徑一致道：「一切都是碗的主意啊。我們被逼的。她說，如果不遵守她的規則，我們的祕密就會被說去呢。她強迫我們惡毒地評論同學。」我們三人哭成一片。

學期末，碗轉學了，被父親送往外縣市就讀，再也沒人見過她。

我，玉米，癲，與薔薇日漸親暱。因為薔薇的加入，玉米與癲得到男孩們的主動親近，女孩們的親切對待。老師為了薔薇能帶給我們正面影響而備感欣慰。薔薇是來自美滿家庭的孩子呢。

這些我不在意。每天上學放學都特別開心。行經教堂，露天海鮮，腳底踩著顆顆蹦蹦的碎石聲，舔舔嘴。

我想，這學校底，終於有具女屍了。

碎裂，拼貼，編織

1.

放下布片。關燈。

妳注視這掩實的衣櫥好長時間了。

眼睛懸在荒暗寢室裡，妳自覺，彷彿連睫毛的細微顫動，都像被抹去，省略。妳緊盯這二尺高櫥與其桃花心木門。無垠的，溶膠似的烏漆中，妳嗅到一股參疊灰霉與青苔的氣息，不斷自門縫中，溢出。

妳思索今晚是否前往派對。

無關週末，或淑女之夜，而是人們急欲代謝的週四晚間。派對一詞，或許不妥。妳想。今夜如斯重要。無涉騷莎，搖滾，或任何夜店舉辦的懷舊主題，妳甚至不一定要去夜店。可以是酒吧。播放爵士，或新傑克搖擺都好。妳只堅持吧檯旁須有幾片地磚拼湊，可供妳旋轉，舞動。

妳想慶祝，慶祝一詞，略為偏頗，那紀念呢？倖存後的紀念，堪稱慶祝嗎？

Souvenir。妳想起法文的紀念，源自拉丁文subvenire。現身，幫助。紀念隱含救贖。

今晚是cela的紀念日。自巴黎取得文化研究碩士，返回臺北數年，妳仍於日常生活中保有法語習慣：手機推播世界報，自由報，與費加洛的即時消息。鬧區行走，候車，或獨自用餐時，妳將無線耳機塞著，滑開podcast，聆聽懸宕六，七小時的法國晨間新聞。

Bon réveil à tous。晨間好。妳對自己說。

仍寫繁體字的信，手機保持中文介面。妳純粹渴望零碎日常，能有短短的，讓妳休憩於另座精神大陸的漂移時刻。

妳扭開壁燈，決定今晚前往派對。

每件衣服，像不同形容詞，碎落在顏色，材質，剪裁，針法與紋路間。妳伸手扳開沉甸的門，咿呀作響。妳乾咳。擤嚏。撣去服飾上積累的塵。

妳思索是夜該將自身扮成何種句子，好敘述cela。

cela一詞，中文直譯「這」。能將繁複長句折疊，收納為簡單的這。

cela發生在妳三十三歲返臺那年暑假。

事發後，妳陷在綿延不絕的恍惚與腦內相互質疑的雜音間。妳會突然佇立於一間咖啡廳前泫然而泣，或止步在捷運擁擠的閘門口，直至人群的擠搡或抱怨，將妳拉回現實。

經舊情人引薦，妳參與團體治療。一幢依傍高架橋的老大廈四樓。團員們在輔導員陪同的暗室裡，各自振筆對某人欲說之言。隨後，眾人群聚在燈光慘白，空調過冷的圓桌旁，輪流扮演傾聽者。有人痛哭失聲，有人聲嘶力竭，妳卻一無所感。妳在筆記本上信手塗鴉，或將眼神飄向窗外。該妳言說了。妳起身，藉故如廁。妳將寫得密密麻麻的作業紙，折成帆船，擺放在廁盆的浮水面。妳按下排水鍵。

妳再也沒有回到那間互助治療室。

從事重複單一的活，確保自己不再跌入濃霧似的恍惚。

妳組裝一袋從床底拾獲，多邊形剪裁的碎布。有時妳將布屑傾倒於地，顏色各異，參差，妳趴著，邊連邊，隨意湊形。是具象的一座城堡。是抽象的天際欲雨奶白至銀灰漸層。或人像。

妳時而拼湊圖畫。時而拼湊碎裂的自己。

2.

衣櫥前的妳，些許睏倦。牆上的鐘指向晚間九點。妳捏了自己的肩疼。妳得保持專注。

妳扯下欄杆衣物，將所有布料扔至旁側。妳伸手至衣櫥深處，將懸桿左端末梢的包裝物順軌道前推。室內光照下，妳緊瞅那由拉鍊整束至頂，以黑棉防塵套緊裹之服。

一套關於cela的衣物。

呼吸急促。妳從口袋抽出備用塑膠袋，雙掌成圈，環箍袋口為圓，再將鼻間湊準。呼氣，吸氣。妳讓濃稠的二氧化碳舒緩情緒。妳決定先轉移注意力，以顏色區分一地雜亂。整理好的服飾，妳平攤於床，單一顏色中，由夏服排至冬衣。

平躺的黑色漸層間，妳抽出一件人造皮夾克。赴巴黎前，分手的德國男友所贈。

如今妳輕觸夾克，外層塗料，如灰燼般細碎而落。

妳記得第一年語言學校，新年長假，妳痀背在瑪黑區租賃的六樓傭人房，窗外漫天瑞雪，斜切天花簷底，冰涼的雙腳盤藏於毯，妳坐桌前，重讀法文版羅蘭巴特《流行體系》時，身上披著，便是此物。

隔年夏天，妳為研究所註冊前得擬定的論文題目傷腦筋。白花花的下午，溫度極高，塞納河畔的人工沙灘擠滿觀光客。妳決定前往龐畢度藝術中心。藝術中心二樓寬敞，挑高。純白與木色極簡的廊道，妳步入一獨立展間。橘黃光照，矗立面前，是環牆三面，層疊垂掛至天花板高，各式斑斕色彩，材質各異的男女服飾：燈芯絨西裝外套。碎花襯衫。各色法蘭絨裙彼此交疊。展區無設護欄，妳將臉湊前，大力吸聞與這季節脫鉤的，經年浸染的塵蟎與潮味。妳想起了臺北公寓。

快步轉回入口，妳細讀簡介。Christian Boltanski "Réserve, Canada"。克里斯提昂・波坦斯基《儲藏物，加拿大》。二手衣物指涉納粹時期流放人士的衣物保存中心。妳知道每件使用過的服，都似蟬蛻後的殼，表述一個觀看當下，已消逝的他者。

是德國前情人提過的Dasein？妳自問。

妳拿起手機，攝下這間擠滿幽靈的墳。

3.

派對前的妳，為是否丟棄夾克而猶豫。

妳起身，走向衣櫃，彎腰，從角落摸出一長方紙盒。妳拆下緞帶與包裝。紙盒裡平躺一雙沾滿泥垢，陪妳走過石板地，古堡，與無數小鎮的漆皮平底鞋。

是否一併丟棄？妳想。

從前的妳，絕不戀舊，所有事物能丟即棄。巴黎返臺前，鍋碗瓢盆，平板電視，妳隨意置於廢紙箱。隨後分批逐日擺在對街樓下垃圾箱旁。唯書籍衣物需全數搬運，妳從郵局購得紙箱無數，依重要程度或海運或空運寄回。

如今撫摩粗糙外套塗料與漆皮鞋面，妳想起母親的戀戀不捨。

猶記青春期，臺北公寓，母親多番阻撓妳丟棄衣物。兩人舊服占據書房，客廳與客房。妳數度將童裝打包，放於玄關。沒隔幾日，所裹之物，已被母親塞回書房的服飾堆。

母親待妳無微不至。

極富女人味的母親，年輕時眼睛水靈，皮膚白皙，漂染的淺栗鬈髮及肩。

直至妳高中時，午休前，她會著窄裙，歐式手工細縫的蕾絲襯衣，手拎自製點心，徘徊在教室外。男同學們見她凹凸有致的身形，搽了淺灰眼影，勾勒眼線的柔媚神情，總得喧騰。妳鐵著臉甩開椅子，不情願地走向母親。她在眾人目光下，愛憐地摸摸妳，遞予涼茶，糕點後，在男孩們的口哨聲中離去。

或有時午夜，她端坐離妳臥房極近的客廳。滿室漆黑，她將節目聲響開至最大，再漸漸轉低音頻。驟聲截阻睡眠，妳撐開眼皮，不出聲，伏臥在床，聽，從門縫傳來嚶嚶啜泣。許久，妳趿上拖鞋，打開房門，給予母親擁抱與親吻後，家，才能恢復原有的闃靜。

我們只有彼此了。母親抱著妳說。

妳卻只想逃逸。

高中課室裡，妳總低頭，長髮為掩，用耳機偷聽西洋專輯。妳在書上反覆塗鴉，加州公路的棕梠樹，鮮紅敞篷車，影集女主角那身薔薇色背心，白紗蓬裙。大考將至，妳反其道而行，挑燈鑽研托福試題。

某日，妳鼓起勇氣，與母親商量留學事宜。她要妳先通過大學指定考試，再做打算。

成績越高，出國機率越大。她撫著妳的臉說。

指考成績公布，母親卻將妳的美國申請資料攪進碎紙機。接連幾個豔陽天，她打洋傘，強拉妳走過騎樓下一間間補習班行落點分析。繳志願卡前一晚，她幫妳在白底紅框的長方卡片上塗下科系代碼。

放榜是日，她在桌上攤開密密麻麻的榜單，圈起妳與熟識朋友的名。

她喚醒夢境中的妳，恭喜妳考上城裡大學外文系。

妳點頭。沉沉睡去。

4.

妳決定今晚前往派對。但首先，要將臥室裡沾黏衰敗氣味的物件，逐一丟棄。

扯開圾袋，妳打包了黑夾克，漆皮平底鞋，再扔入床上幾件褪色的休閒衫。

妳走向衣櫃，謹慎拾起由金屬吊鉤，寬版衣架撐起，收納著cela的黑棉防塵套。妳將之平鋪於床，各式漸層色階之上。

深吸口氣，反覆低禱：可以的。可以的。

因為妳並非首次面臨難境。

升大學那年暑假，妳將自己反鎖於房，只在用餐時刻顯身。妳與母親對坐，無聲進食。妳對鏡中突現的黑眼圈與浮腫眼泡束手無策，選擇將意識鎖進一層又一層睡眠摺縫間。頭髮越探越細，蠶絲般脫落，纏繞枕畔。終至用餐時，母親驚覺妳後腦露出錢幣大小禿髮數處。

她帶妳就診。歷經各項檢驗，醫生診為自體免疫性失調。妳需每兩週回院注射類固醇。妳依建議踏入心理諮商室，診間，疲倦的妳依稀耳聞走廊上，諮商師壓低嗓音，對母親絮絮妳的悒鬱。

壓力，極可能是免疫系統崩盤的原因。諮商師說。

為期三個月假期，除回診外，母親同妳少有接觸。整個夏天，母親著手整理囤物，妳在房裡，聽見窸窸窣窣塑膠袋彼此的摩擦細語，與圾袋拖地的沙沙作響。她為自己報名了社區藝廊設的常態工作坊，整天課程結束後，返家，待在書房直至夜深。妳則將漫長的日夜，奉獻給電郵與音樂。

一日，母親載妳參觀校園。出門前，妳戴上遮蔽禿髮的帽與太陽眼鏡。母親將車停妥大門邊。暑假校園靜謐，外語學院位於山腰，妳們踏著暑氣拾階而上。妳渾身涔涔冷汗，母親攙妳。兩人步伐瑣碎而不協調，幾度，妳止步，手扶步道艱難喘息。

終至文苑，高樹參天，磚紅與泥灰的建築，其後山色蓊鬱。妳擺開母親的手，沿平臺走，心揣愛欲祕密的妳，卸下墨鏡，想，或許開學後身體復原些，會喜歡上如此景緻。

如今妳以cela命名成年哀痛。

妳記得論文辯證對象，波坦斯基，認為形狀比字詞模糊，創作者必經的原生傷痛，無法直接言說。

瑪黑區傭人房裡，妳反覆觀看那年，他為monumenta 2010在巴黎大皇宮舉辦，名為「Personnes」（人們）的展覽紀錄。電腦畫面上，入口處是一芥末綠與黃銅磚紋牆。旁側入場後，可見遍地鋪散，由鐵柱四邊定界，阡陌橫陳的二手服飾。迴盪偌大腹地，隆隆不絕於耳的，是似蒸汽機運作的，單調的音。遠景深處，一座數樓高，由舊衣砌成的山。玻璃圓棚頂，垂吊一血紅怪手，其爪，不定時從衣塚取物，撒下。取物，撒下。

缺席大於存有，紀念碑的建造，是用來遺忘。他說。

所有事物源於偶然，偶然相互交織，造成了現實的無法移動性。他說。

面對平躺在床，收納了cela的妳，無法苟同。妳想，所有傷痛，必須言說，必須命名，唯有透過敘述，倖存者才能重組自身。

妳必須今晚前往派對。

妳朝堆滿色階的床沿走。伸手觸碰黑色防塵罩。妳雙指緊拉環扣，將拉鍊由上而下刷開。

cela被攤開。

那是一件飄著淺淺霉味的薄荷綠洋裝。

c.

升大學那年暑假，母親在客廳添置一臺桌上型電腦。

為了Napster，妳趁母親在藝廊工作坊習藝時，溜出臥房，按下開關。螢幕冷光閃跳，妳摀耳，網路撥接聲令精神耗弱的妳頭疼。

一頭綠眼藍貓，潛伏在電腦桌布右側。Napster，新世紀點對點音樂載體。妳在內建搜尋隨意輸入歌名，數頁結果顯示，由顏色區分擁有該曲的使用者狀態。綠色在線。黃色暫離。紅色離線。連結綠色使用者，載速快，且兼即時通訊功能。

從Napster下載的歌飽藏驚喜。有些使用者分享自製混音。妳珍藏名為apocalypse 1999的混音作品，欣賞其接點與採樣技術獨到。妳扭開喇叭，讓apoalypse 1999迴盪客廳。

薩米爾說，apocalypse 1999帳號是為了紀念當年七月，恐怖大王將從天而降的末日預言。而長夏已盡，加州百無聊賴，Napster平臺恰好成立。薩米爾註冊，晉升為首批用戶。

除了簡短的即時訊息，你們也寫好長的英文電子信，附上掃描後的生活照。

薩米爾打扮，典型千禧年休閒款：海灘褲，配顏色鮮豔，剪裁貼身的素色衫，頸際垂掛夏威夷白石項鍊。他有黑色鬈髮與深邃眼睛。照片上常是他手扛衝浪板，獨行馬里布海灘旁的頎長身影。

來自約旦南方城市雅克巴的他，說故鄉空氣瀰漫的濃烈汽油味與熱糖氣，令人窒息。乾草山，古石城，褐色沙垛環繞，像阻絕青春的結界。幸好他被送往美國就學，唯一條件，是大學畢業得歸國繼承企業。

雙親為他在馬里布租賃一棟純白，附私人泳池的兩層樓別墅。寬敞落地窗，雙人床，玫瑰花圃。鐘點傭人每週一次前來掃淨。寒暑假期雙親赴美探望，他們會租車，展開數週的公路之旅。

往返信件中，你們編織許多夢。討論蜜月假期，雙人臥室布置細節，甚至婚禮當日宴客桌上的花卉色系。妳想，薩米爾會帶妳遠離這座島，遠離母親。妳搜集約旦相關資料，並瞞著薩米爾自學阿拉伯語。

妳開始對未來有所期待。就讀學校設有全臺唯一阿拉伯語系。

大學生活，妳與同學少有交際。帽不離身，大家紛紛入座後，妳才鑽入教室末排，靠後門位置。妳在下課前五分鐘離去。

為獲取雙修資格，課餘，妳久待圖書館，攤開一本本沉厚的英文教材。語言學的口腔發聲構造。西洋文學概論錯綜的希臘神祇親屬關係。當倦了，或遇上過長的午餐時間，妳趴在角落單人木桌上，沉沉睡去。

妳出沒於資訊大樓地下電腦室。因該處偏僻，四、五排對座的桌上型電腦，往往只有妳與一名管理員。妳坐邊角，學校電腦嚴禁下載軟體，妳無法使用Napster。妳檢閱郵件，或點選內建的雅虎即時通，看能否遇上隔岸的他。

若薩米爾上線，妳會開啟左上方的外接鏡頭。校網撥接速度快，傳輸成像清晰。妳摘帽，用手撥攏瀏海。正面成象隱匿髮缺。妳對鏡頭撒嬌。

有時妳為他寬衣，當薩米爾用綿延的表情符號苦苦哀求時，當然，妳得先起身，確認地下教室只有妳一人，而管理員正好缺席。妳將外接鏡頭扳低，視窗裡滿溢妳雪白胸頸。妳緊張地卸開一顆顆釦子，曝露粉色褻衣。妳壓背，傾身，將半透衣物緊裹的渾圓乳房，擱在電腦桌上。有時薩米爾以文字指引。妳用手指一步步探索自己。

大一下學期，妳成功獲取阿拉伯語雙主修資格。妳走進地下電腦室，打算同薩米爾分享喜訊。妳打開攝影機，臉漾微笑，薩米爾卻繃著少見的嚴肅表情。

薩米爾提議，遠距離交往期間，可嘗試開放式關係，身體上，無需絕對忠誠。

心互綁，分離的肉身各尋出口。他說。

他坦承在兄弟會的派對上，與一名女孩發生關係。

e.

系上走廊告示欄一角，專貼語言交換訊息。妳從布告撕下馬庫斯的電話，簡訊數次，約好每週見面兩回。

來自柏林的馬庫斯，較一般日耳曼族印象矮小，瘦弱。淡金色的細薄短髮，稀疏鬍髭，戴銀框細邊眼鏡，穿露趾涼鞋，二十出頭，卻總將格子衫牢牢紮入牛仔褲。妳第一眼，只覺得他古板，與薩米爾大相徑庭。

大二時，新髮已抽，妳將烏絲剪至齊耳。妳結交其他異性。分散風險。妳想。遠離是目標，如何逃脫，與誰脫逃都是其次。薩米爾的來信遞減，Napster也因侵權問題暫時停運，妳刪掉了滯留電腦桌布一年多的綠眼藍貓。妳並未棄修阿拉伯文。增加可能，不同語言指向不同逃脫路徑。妳堅信。

馬庫斯中文程度佳，準備攻讀哲學博士。他崇尚東方文化，每天清早換上白衫黑褲，在運動館外隨社團練習太極導引。語言交換時，你們固定一天共進午餐，一天健行後山步道。獎學金是唯一收入，馬庫斯對生活精打細算。有回，妳順手付了兩人餐費，馬庫斯卻嚴肅道：朋友之間，不該如此。

妳執意加深交集，在圖書館翻遍康德，海德格，與班雅明的著作，要馬庫斯用中文解釋現象學，辯證法。

Was bedeutet Dasein？妳問。

無法解釋的此時此刻，關乎存有。他說。

妳會攜上幾本中文讀物，幾瓶酒，到他租賃的單人套房。互動時，想起薩米爾指導過的，妳扯下衣領，露出大片雪白體膚。手，則在拿酒時，輕輕撩過他的腿。

妳在馬庫斯的床上留下初夜遺跡。

當夜返家，妳輕轉鑰匙，躡腳進門，過客廳，卻見餐廳燈亮。

母親憑餐室的微黃光線上下打量妳。她整了整身上睡衣，拉開椅子，要妳坐下。她沏了茶，妳輕聲道謝，心底擔憂將臨的責難。

妳偷偷抬頭，發現母親的睡衣，並非往昔的軟緞絲綢，而是多組色塊相拼的格紋圖。她的神情少了柔媚愁怨，卻顯淡然。她攪動手中茶匙，匙擊杯沿發出輕響。

去睡吧。母親平緩地說，起身走向書房。

訝異母親這般反應，妳沒回神，心虛，竟脫口問：睡袍新買的？

手工拼布。母親道。

她推開書房門，妳見室內直立數綑靠牆的素色布捲，沿邊裁開的舊裳滿地，而書櫃被母親塞入許多奇異的拼布，紡織作品。由妳童裝製成的百納被。兩人舊襪前後相縫，麻花狀捲成的粗管線。描妳年幼肖像，乃至根根細髮如栩浮凸的刺繡圖。還有一把被舊服層層纏繞，綑綁，難辨原形的單人椅。

我試著整理自己。母親淡淡地說。

書桌橫擺一純白裁縫機。母親架上眼鏡，持迷你銀剪，逐一挑開妳年幼冬衣的針縫處後，再用雙手大力扯開布料。她用鉛筆與規版在布上畫出隔線。對折成多邊形。最後用圓刃滾刀沿線切下。

室內充斥打線的噠噠聲。妳闔上書房門，思緒紛亂，總覺得母親不是母親，而這名陌生女子，彷能感知妳所有事情，包括妳的初夜。

I.

一架路易十三時期鎏金握手木製五斗櫃。兩張亨利三世淺藍織花墊深色木椅。勃根地紅窗幔旁，一幅東正教聖像畫。浪紋折凹的朱漆中國屏風半掩走道。妳眼前的路易十五時期流線形茶几上方，擺了鍍銅座，綠玻璃罩的復古銀行燈。

別拉雅小姐的住所，位布爾喬亞味濃厚的十六區。妳出地鐵，經幾條巷道與一間伊拉克學校，方能抵達。妳記得第一次在別拉雅小姐的玄關接待廳裡，細細拆解其獨特品味的奇幻時光。

初抵巴黎，在暫居的左岸學舍隸屬的六區市政廳，妳覓得別拉雅小姐的聯絡方式。急於畢業證書，修業課表與出生證明等英翻法程序，所有文件需由市府認可譯者完稿後，公證。

別拉雅小姐的聲音嘶啞，極低，有被菸酒折磨過的滄桑。她答應隔日晤面。

妳端坐在亨利三世古董椅上，良久，走道端響起Dalida的中低音〈il venait d'avoir 18 ans〉（他剛滿十八歲）歌曲。繚繞樂音，別拉雅小姐從屏風左側，緩緩現身。

她身型巨碩，一米八，擰腰晃臀，紅棕鮑伯頭，腳踩細高跟。她穿無袖淡紫洋裝，叉在臂側的手彎，纏繞長長的鴕鳥羽毛巾。別拉雅小姐在茶几旁的空位坐下。彼此簡短問候過，妳漲著些燙的臉，從包包取出文件。

她從口袋掏出眼鏡，大拇指輕沾舌尖數回，點紙，仔細翻閱。她同妳確定幾堂課程的詳細內容，持筆註記。從側面餘光，妳瞄到別拉雅小姐喉頭滾著一顆圓形，隨吞嚥口水規律運動的結。

她在茶几上抖整資料，報價，不到十頁原稿翻譯加公證，共五百五十歐元。妳焦急點數預鈔，湊盡銅板，全身不及三百歐。別拉雅小姐擺擺手，要妳留下部分押金便好。剩下的，之後說。她微笑道。

妳連聲道謝，這才發現她眉眼細紋些許，約五十餘歲，擦了濃厚的豔紫煙燻妝，與深藍唇膏。

再會，別拉雅女士。妳說。

C’est mademoiselle。是小姐。語畢，她後拖著低沉笑聲，左搖右擺地晃入中國屏風。

待件的兩個禮拜，除了語言學校課業，妳還需在銀行開戶，綁約手機，準備長期居留證。生活原來繁瑣。妳想。妳終於離開島嶼，卻異常思念臺北生活。母親供妳全額生活費，妳的各項稅務支付。至生活大小事，皆由她一手包辦。

與馬庫斯分手後，母親甚至脫手房產，充作妳的留學基金。

畢業後，妳閒賦於家。與馬庫斯維持一週兩次的語言交換。你們偶爾上床，在他鍾愛的搖滾團體 Einstürzende Neubauten 樂音中。性愛後，沖澡，兩人享菸，靠窗輪流分抽著，聊心事，也聊當代思潮。

馬庫斯曾提及，對他而言當代最難之書，應屬羅蘭．巴特《流行體系》。

Roland Barthes, Système de la mode。妳譏笑他濃厚德文腔的法語發音。

妳回學校圖書館，找到桂冠出版的中譯本，閱讀數遍，仍不得要領。等待馬庫斯獲博士學位，返德結婚的漫長生活需要方向，妳為自己定下目標，讀懂原文《流行體系》。

妳報名了法語課。

妳剛升高階課程，馬庫斯畢業後順利在大學覓得教職，幾番思索，決意留臺。他仍渴望與妳婚姻。妳與他和平分手。他轉交德國各校資料，像是補償，妳謝絕了他的好意。

世界之大，妳有多處可去，而語言連結情感，馬庫斯如今黏附在尼采的世界，而薩米爾的影像殘存於阿拉伯語。妳需要一全然可建立自身情感經驗的所在。

妳選擇巴黎。

離臺當日，母親與馬庫斯同來送機。進海關前，馬庫斯將黑夾克塞進妳的隨身行李。

巴黎數月，妳發現這城市並非想像中迷人。吉普賽浪者。黑人小販。難聞的地鐵氣味。宿舍附近餐酒館賣的是加熱過的冷凍食品。妳像一個派對尾聲姍姍來遲的狂歡者。這不再是西蒙波娃與沙特的愛戀之都。

宿舍無門禁，深夜，過薄的木板隔牆穿透學生的酒後妄語。最令妳難忍的，是整層六戶獨房共用兩間座桶與兩間分離式淋浴。浴間無門，單掛布滿水霉斑點的塑膠隔簾，排水孔總堵毛髮。妳渴望擁有自己的房間，委託仲介協尋空屋。但租屋之難，在於外國人士簽署合約須由法籍居民作保。
浩大之城，妳發現妳一無所識。

a.

別拉雅小姐卸下裝束後，成為別禮先生。
她對此毫無隱瞞。妳在其住處兼工作室擔任助手，有時早到，她懶於梳化，有時狂歡後的禮拜一，她滿臉鬍渣，穿背心，吊帶褲，叼根菸斜依客廳沙發休憩。
第二次前往別拉雅小姐住處，領取公證文件時，妳請別拉雅小姐做保。妳甚至願意將違約金事先匯入她的戶頭。她點了根菸，沒有回話。妳做好被拒打算，起身欲回。她卻翻開合同，擺擺手，在擔保人的地方簽了字。

條件交換，妳每日課後前往其住處打工，必要時幫忙家務。有了妳的協助，別拉雅小姐得以白日補眠。

固定星期三與週末深夜，她在蒙馬特地下酒吧演出，帶點業餘性質。妳偶爾捧場。男性顧客居多，整室煙濛，喧囂。客滿時，妳得將擎著酒杯的手高舉過頭，穿越壅擠人群，才能搶到較佳的觀賞位置。

音樂震耳欲聾。

圓形舞臺，銀亮流蘇背景，上頭是旋轉迪斯可燈。十二點後，每整點會有不同演出者撥開垂地流蘇亮相。表演者多是與別拉雅小姐有別的變裝皇后。他們在臉上塗抹怪誕前衛的妝，低胸馬甲，亮片貼身洋裝。站定位。場暗。聚光燈投在反光如鑽的服飾上。Mylène Farmer，Madonna，表演者嘴唇掀動，隨詞張舞。舉手頭足，沉浸其中，或冶豔，或不羈，或柔情。妳總在別拉雅小姐演出時，擠向舞臺，將小費塞進她因燈熱濕濡的手中。

比起變裝皇后，我算是crossdresser，一個扮裝者。別拉雅小姐倚著中國屏風對妳說。

就是電影裡常見的男扮女裝。她放聲笑道。妳整理好這週訪客時間，將隨意貼黏在復古銀行燈上。

變裝皇后誇飾或喜劇化了女性，但男性過渡到女性，是自然的。她邊談，邊從包包裡掏出身分證。

我原本姓氏，Белый，別禮是俄文中的白色。Белая，別拉雅是其陰性形容詞變化。陽性的白色，陰性的白色，不是同個顏色嗎？她說。

中請更換姓氏，像是將統一的身分混淆，我是男性，也是女性。她又說。

別拉雅小姐解答妳困惑已久的羅蘭巴特。

即使閱讀原文《流行體系》妳也只能略懂一二：照片裡的洋裝，與用文字描述的同款裝扮，指涉同一現象，卻擁有不同原料與結構，因此相異。

別拉雅小姐如此闡釋流行體系：人是一個虛無內核，不斷創造意義。物品發明，概念，只能以文字呈現。名詞與服飾無時無刻都在意義，卻同時虛無。

流行是一個空蕩，需要被不斷填滿的概念。她說。

但流行屬於女性，如果流行成為體系，是因為有一個規定法則的聲音，女性的聲音。她補充道。

在龐畢度中心撞見波坦斯基後，妳打算撰寫織品，性別相關題材，卻苦尋不著切入點。妳懊惱地坐在工作室，別拉雅小姐從廚房走出，遞給妳一杯斟了七分滿的酒。妳一飲而盡。

或許，可以比較男性，女性，歐洲文化與第三世界的觀點差異。她提議。

妳母親，不正好從事織布嗎？別拉雅小姐微笑道。

ce.

巴黎生活，妳與母親規律聯繫，每週WhatsApp通話兩次，她的凌晨妳的晚餐時刻。對話簡短，尋常。飯食內容，學校課業或兩地天氣。妳說，她聽。偶爾妳問近況，母親也只千篇一律應：都好。都好。

妳懷念青春期，母親會花一整個週末下午，躺在床上，緊握雙手對妳說著體己話：抱怨離婚，移民的父，或因繼承問題而翻臉的親戚。有時她哭，有時她因妳的某個貼心舉動微笑不已。她的眼睛水靈，笑聲輕盈。

如今，除外出用餐，母親將所有時間獻於編織。她提及，家裡已無可容納之地，於是她在市區租了一兩間儲藏室擺放大型作品。有時在儲藏室打地鋪過夜。

編織的動機，是什麼呢？妳偶爾蓄意尋問。

她總將話鋒彎繞他處。離開工作坊獨立創作後，除了妳，母親從未將作品示人，也絕不談論。某日，妳同母親講述波坦斯基，一名以服飾，影像與聲音為創作元素的雕塑家。透過WhatsApp，妳傳了那日龐畢度的《儲藏物》側拍照。母親在話筒另端，許久沉吟，最後細聲說：好像，我們都在紀念那些，此時此刻不復存在的，存在。

新年假期首次返臺，為了論文，妳有計劃地攜回兩只空皮箱。

母親前來接機，打扮比以往怪誕，蓬鬆亂髮斑白，身上隨意披掛長型花布與寬版銅金項鍊。她熱情揮手，朝妳走來。逐漸特寫放大的臉，頰肉下塌，布滿溝渠細皺。妳難將往昔妖嬈形象，相形並列。

暫留數日間，妳與馬庫斯共進晚餐，向他吹噓《流行體系》讀後感。

他欽嘆著。那晚，妳堅持付了兩人餐費。

家中原有舊服悉皆消失。母親說，所有妳們不穿的衣飾，都成素材，改織進儲藏室裡的大型作品。妳有意參觀，她不願透露地點。

趁母親熟睡時，妳走進書房。工作間堆散母親的小型創作，半成品。妳在桌上隨意翻閱繁雜的編織紋路與裁下的多邊形布疊。妳打開老舊筆記本，撕下數頁草圖。從書櫃上，搬取數件小型刺繡，織花毯，一球枕頭大的多色捆布團。妳攤開行李箱，將所揀物一一塞入。

回巴黎那日早晨，妳在桌上放了為母親訂的來回機票。妳希望半年後，暑假，她能前往巴黎，與妳共住兩至三個月時間。

別拉雅小姐已擬訂周詳計畫。在母親居法期，找一間占坪不小的畫室，好讓母親創作一件中大型裝置。別拉雅小姐駐演的俱樂部熟客多是藝文界活躍份子：藝評家，記者，大學教授與各式演員。她打算在妳母親返臺前，在知名藝廊辦一場盛大個展，新聞稿與藝評同步刊露。

Art brut，與商業主流體系脫鉤，完全回歸自身的藝術創作，來自東方的女性編織者，多好的參照點，用以比對波坦斯基。別拉雅小姐對妳說。

la.

母親初訪巴黎，妳帶她避開觀光客洶湧的香榭麗舍，戰神廣場。妳們勤跑美術館，布利朗河岸博物館，東京皇宮或橘園。母親心情極佳，在各大作品前留影紀念。

第一個週末，妳便安排母親與別禮先生晚餐。地點選在離妳住所不遠，一間隱於私人古典庭院的傳統法式餐館。席間，妳充當翻譯，說明別禮先生的個展計畫。母親倏地放下刀叉，瞪妳。

她說：我反對將作品公諸於世，所有事物一被揭示，被他者評論後，那隱藏於作品間的神祕，便不復存在了。

妳與別禮先避開彼此視線，不再交談。整場晚餐只努力將嘴角揚起，維持禮儀。

返回瑪黑區住所，母親不再理會妳。她將前幾日拿出的衣物重新疊入行李箱。她滑開手機準備更改回程票。妳衝上前一把扯下她的手機，再撲身，抽走她暫放床頭的護照與身分證。

接連的日子，早晨妳陪母親乘地鐵至租賃的大型畫室。原有的畫具，木架清空。別禮先生備好紡織器具，貼心至各色針線，織布齊全。妳將巴黎生活以來所累積的舊服全數交付。白日妳回研究所習課。別禮先生則暫停俱樂部演出，每日在畫室譯稿，同時監視。
頭幾日，母親靜靜坐在椅子上，凝視窗外連綿的淡棕建築與淺灰頂蓬。妳想，或許她將抵抗到底。
但某夜，妳返畫室，開門，準備接她回住處休憩時，赫然發現母親架上眼鏡，專注地跪地丈量布料。別禮先生翹腿，坐在窗邊椅子上。他唇角揚起，對妳使了眼色。
個展辦在離龐畢度藝術中心不遠的坦普隆畫廊。
鬆整白牆，原木地板，展廳中間三角頂窗自然採光。妳將從臺北偷渡來的草圖，物件表框零散掛牆。展廳正中擺放母親這三個月創作的幾件中型作品：綳纏絪繞的各式傢俱。拼接服飾。由碎布團紮成大小圓球，間接點皺的中古波斯地毯。
其餘展廳投影。別禮先生請人至工作室拍攝母親與作品的肢體互動。

母親不知所措，呆愣鏡頭前。別禮先生上前示範。他將布料捲縛於身，或滾動其上，或單腳跳躍在作品與作品間。母親低著頭，機械式地在鏡頭前重複動作。

影像訪談紀錄，中文講稿則由妳一手擬定。

開幕午宴熙攘，熱鬧。除了別禮先生安排的業界人士，還有因坦普隆盛名而來的群眾。母親穿著妳在春天百貨選購的黑禮服。臉上抹著妳為她梳化的口紅眼影。讚嘆，鎂光燈擦響不絕於耳。妳面帶笑容，一手持雞尾酒杯談笑風生，一手緊抓著眼神失焦的母親。

cela.

母親在開幕式翌日不告而別。那時，未歸的妳，還在別拉雅小姐公寓，因前夜續攤而酩酊未醒。

清整完坦普隆藝廊，研究所開學。妳動筆撰寫論文，日以繼夜。

妳如常一週兩回以WhatsApp撥號。母親沒接。訊息未讀。她不再支付妳每月生活費。妳在藝廊安排下，轉賣母親作品以貼補房租，不足的，則由別拉雅小姐接濟。

妳好奇那日畫室裡的母親何以首肯創作。

我說，扣掉金錢與生活便利性，妳好像對妳女兒，沒有多餘價值。別拉雅小姐如此轉述。

翌年七月，妳獲得論文最高榮譽與評審團一致好評。結辯當日，指導教授給予擁抱，望妳能留校申請博士。妳口頭應允，但請教授給予一年緩衝時間。

妳丟棄傭人房裡所有用品。退租。妳給自己一年時間回臺，好讓母親轉賣房產或辦理過戶。妳要償還別拉雅小姐的賒債，其餘近款存入戶頭。扣除博士幾年所需學雜費，妳想，若有餘錢，定要在巴黎購置單人套房，三十平方米為最小考慮單位，要有分離的座桶，與淋浴。

轉開臺北公寓門，撲鼻而來的，是滯悶的熱，與霉。

妳四處巡盼，無人。手拭傢俱，指尖沾黏結塊厚塵。書房門虛掩，妳走進，原有的縫紉機，巨大布綑與櫥櫃內作品悉數已空。妳跑向母親臥房，同樣，所有衣物均無。視線唯能捕捉的，是窗光下飄舞半空的絮。妳翻開所有抽屜，找存摺，房屋權狀。一無所獲。右側更衣室徒剩那敞開，巨大而虛空的桃花心木衣櫃。

妳趴地，手伸床底，左右回撈。指尖碰觸一物，妳探身，使力抓取。那是一袋滿是灰泥，裝滿各色多邊形裁布的塑袋。

未向警局登記，妳仍冀望母親回歸，帶著大包小包的奇怪布匹。妳獨守空屋，想著，其實妳對她不甚熟識，也未曾關心。Dasein。此在。此時此刻，存在。因為母親，自小，妳的肉身似乎未曾與精神共存一時一地。妳將塑袋內的布塊倒地，攤平。就天光，妳在地板上拼湊著，無比專心。妳想，這是母親刻意留下之物，定藏密語。

直至某日急促的電話鈴響擾亂了拼圖思緒。是母親承租的儲室房東來電。對方表明：突發狀況，須終止合約。

我的母親失蹤了。妳說。

儲藏室是獨棟鐵皮建物，位市郊，荒野山林間。屋主同行，妳先下車，走，沿外圍環繞，不見任何汽車蹤影。妳不解母親為何租屋此地？如何通勤？屋主卸去門鎖，扳開牆上電源總開關。

只見黔雲聚頂。

整座建物內裡，黑色絲線彼此牽繞，密密麻麻，幾無罅縫的網，積雨雲般密懸於樑。厚沉雲朵由上至下，體積漸縮，在離視線兩尺處，旋成沙漏狀，接地。妳與屋主手腳並用，撕踩線叢，艱難前進。沙漏近看如繭。屋主回車取出剪線器。妳負責撥開干擾視線的網，屋主將鋏口刺繭，雙手用力扳壓，方才破開一處。

惡臭自洩口湧出。長長的，沾滿乾凝屍水的灰髮，黏附於線。撕扯纏線時，附著的風乾皮囊也隨之剝落。妳知，那是母親。那洞口深處，可見她慣戴的銅板項圈，暗暗閃爍。

5.

cela如是攤展。平鋪於床。

妳想，今晚要前往派對。

闔上桃花心木衣櫃，妳拿出噴劑，先除菌消臭，再將抹布浸於熱水，反覆擦拭攀生織縫間的綠霉群。連接插座，妳將吹風機對準衣物烘乾。

無袖，膝上五公分長，腰繫綁繩，略為貼身的薄荷色洋裝，隨熱騰風翩翩飄逸。

記得在臺北第一回穿上此物，是在母親的告別式。儀軌極簡，妳在殯儀館要了間僅容十人不到的地下室隔間。相片用膠布黏附於牆，無爐。馬庫斯，別禮先生，還有一兩位妳的高中摯友列席。那年十月異常炎熱。海運包裹未抵，妳隨身攜回的夏服全屬亮色。妳選了這件薄荷綠洋裝，妳想，鍾愛色彩的母親應不忌諱。

走出焚場遮棚，大雨滂沱。別禮先生為妳打傘，妳搖搖頭，獨自在雨瀑下，緩緩步行。

別禮先生滯留兩星期，在處理完母親喪事後便返回巴黎。這期間，你們偶爾在他下榻的飯店大廳見面，有時整個下午交換不過十句話。別禮先生曾提議要支付全額喪葬費。

妳為此生氣，妳自始未曾責備過別禮先生，但之後，你們著實疏遠。當然通信，只是頻率漸稀。

馬庫斯每週探望，準備生活用品，帶妳外出。妳將所有自巴黎帶回的衣物，全數鎖進母親的桃花心木衣櫃。妳試著整理這幾年積累的紛亂情感。初始，毫無頭緒，妳會在某個瞬間失足，跌入白霧兕冉的分岔時空。逐漸，妳片段式拼湊，想起某個人，再推展其連結事物。數年，妳如是練習。

妳不斷想起母親所說：所有事物一被指涉或揭示後，那隱藏的神祕，便不復存在了。

妳慢慢，慢慢指涉過往。

牆上的鐘，指向午夜十二點整。

妳穿上cela。這薄荷綠洋裝，領口與腋下仍有祛不掉的深褐汗漬，與霉。但妳想，並無所謂。酒吧光微，且妳不需陪伴。

今夜如斯重要。只屬於妳。

肉身與靈，共聚一地，此時此刻。

新人間叢書325
末日儲藏室

作者──白樵
執行主編──羅珊珊
校對──白樵、羅珊珊
美術設計──朱疋
行銷企劃──吳儒芳

總編輯──胡金倫
董事長──趙政岷
出版者──時報文化出版企業股份有限公司
108019臺北市和平西路三段二四〇號四樓
發行專線──（〇二）二三〇六六八四二
讀者服務專線──〇八〇〇二三一七〇五 （〇二）二三〇四七一〇三
讀者服務傳真──（〇二）二三〇四六八五八
郵撥──一九三四四七二四時報文化出版公司
信箱──10899臺北華江橋郵局第九九信箱

時報悅讀網──http://www.readingtimes.com.tw
思潮線臉書──https://www.facebook.com/trendage/
時報出版愛讀者──http://www.facebook.com/readingtimes.fans
法律顧問──理律法律事務所 陳長文律師、李念祖律師
印刷──家佑印刷有限公司
初版一刷──二〇二一年六月十八日
初版二刷──二〇二一年十月十四日
定價──新臺幣三六〇元
（缺頁或破損的書，請寄回更換）

時報文化出版公司成立於一九七五年，
並於一九九九年股票上櫃公開發行，於二〇〇八年脫離中時集團非屬旺中，
以「尊重智慧與創意的文化事業」為信念。

末日儲藏室／白樵著. -- 初版. -- 臺北市：時報文化出版企業股份有限公司，2021.06
面；公分
ISBN 978-957-13-9013-0（平裝）

863.57　　110007718

ISBN 978-957-13-9013-0
Printed in Taiwan